文學研究叢書・古典詩學叢刊

宋代杜甫年譜五種校注

蔡志超　著

目次

前言

　　杜詩的特色之一即善敘時事。由於多敘個人與時代之事，因此世謂杜甫為詩史。杜詩不僅多記時事，詩中也常敘及時間、年齡、官名與地名等等訊息，這使杜詩得以繫年繫地——詩可繫於事，事可繫於年；詩可繫於地，地可繫於年。那麼，倘再依據杜詩的創作歲月與地點，即可編定杜甫年譜。

　　宋人編定的杜甫年譜即是孟子「知人論世」說的具體實踐。「知人論世」說亦是宋人杜甫年譜編定的首要因素。此意謂：「知人論世」說是因；年譜編定實是果。閱讀作品須知其人論其世，而論其世知其人的途徑即是對作品繫年繫地，進一步再編定年譜，也因此，宋代形成一股編定杜詩年譜的潮流，時至今日仍受此風氣影響。

　　譜中有年，年附事地，事地繫詩，作品與事地兩相經緯，不僅可以知其人，論其世，亦可藉由時事地點與文學作品相互參照，瞭解作者創作緣由，逆測作者創作情志，作為理解作品的參考與依據。這種藉由作家年譜來解讀文學作品的方法，即可稱為本事解讀法。這是宋代以來文學作品的重要解讀方式，更是宋人編定杜甫年譜的價值所在。

二〇一四年一月二日蔡志超謹記於後山花蓮

凡 例

一、本編中宋人撰作之杜甫年譜，不論是否單行或僅為附錄，為求統
　　一，律標以書名《》號；為便閱覽，儘量標出篇名〈〉號。

二、校注原則上以各譜為單元，非以全書作為段落，並儘量蒐羅出處
　　及相關資料；倘若諸譜中所援引或關涉者乃為本編中宋代杜甫舊
　　譜，為利簡便，在譜文頁底僅引注語而不標頁碼。

三、校注有詳、簡之異，詳校在注語中羅列諸本用字異同；簡校僅標
　　示參校本中有別於底本之用字。二者並存。校注記於頁底。

四、除書名外，各譜中，異體字僅於第一次標注，餘不出校。

五、凡涉杜甫作品，基本上是以《杜工部集》（臺灣學生書局影宋
　　本）為據，若書無是詩或後出為精，則援證他本。

六、凡文字增補則加〔〕號。

呂大防《年譜》

呂大防傳略

　　呂大防（西元1027-1097年），字微仲，世稱呂汲公，著有《杜詩年譜》。王得臣（1036-1115？）即曾說：「近時故丞相呂公為《杜詩年譜》……。」[1] 又如，趙子櫟於其《杜工部年譜》中嘗云：「呂汲公大防為《杜詩年譜》。」[2]《杜詩年譜》簡稱《年譜》或《詩年譜》，《分門集註杜工部詩》「集註杜工部詩姓氏」下即曾云：「呂氏大防撰《年譜》。」[3] 呂大防之《杜詩年譜》當為第一部杜甫年譜，魯訔於《杜工部詩年譜》「睿宗先天元年壬子」下即曾說：「汲公呂大防始作《詩年譜》。」[4] 依此，其重要與價值不言可喻。

　　本編校注以《分門集註杜工部詩》（《四部叢刊》影宋本，簡稱分門集註）所附「年譜」為底本，參校以《老杜詩評》（北京圖書館藏清鈔本之影本）「呂丞相《詩年譜》十八事」。

1　宋・王得臣：《麈史》，見《全宋筆記》（第一編，十）（鄭州：大象出版社，2003年），卷中，頁65。

2　《杜工部年譜》，見《文淵閣四庫全書》（臺北：臺灣商務印書館，1986年），第446冊，頁252。

3　宋・闕名集註：《分門集註杜工部詩》（臺北：臺灣大通書局，1974年），頁48。是書以下簡稱《分門集註》。

4　《杜工部詩年譜》，見《文淵閣四庫全書》，第446冊，頁261；另亦可見《杜工部草堂詩箋》，《古逸叢書》本（臺北：藝文印書館，1965年），杜詩年譜，頁36。

年譜[1]

汲郡呂大防撰[2]

睿宗先天元年癸丑[3]

甫生於是年。按甫〈誌〉及〈傳〉皆云：年五十九。[4]卒於大曆五年辛亥故也。[5]

玄宗開元元年甲寅[6]

開元三年丙辰[7]

〈觀公孫弟子舞劍器詩序〉云：「開元三年，余尚童稚，於郾城觀公孫氏舞劍器。」[8]按：甫是年纔四歲，[9]年必有誤。[10]

---

1 「年譜」，宋・方深道《老杜詩評》作「呂丞相《詩年譜》十八事」，參見《四庫全書存目叢書》（臺南：莊嚴文化事業有限公司，1997 年），第 415 冊，頁 688。此外，《老杜詩評》中「呂丞相《詩年譜》十八事」亦收入於張忠綱編注之《杜甫詩話六種校注》（濟南：齊魯書社，2004 年），亦可參看。

2 「汲郡呂大防撰」，《老杜詩評》無此句（頁 688）。

3 「先天元年」的干支紀年為「壬子」，非「癸丑」。

4 元稹〈唐故檢校工部員外郎杜君墓係銘並序〉云：「享年五十九。」見《杜工部集》（臺北：臺灣學生書局，1967 年），卷二十，頁 894。此外，《新唐書・杜甫傳》亦云：「年五十九。」見《新唐書》（北京：中華書局，2003 年），卷二百一，頁 5738。

5 「大曆五年」的干支紀年為「庚戌」，非「辛亥」。

6 「開元元年」的干支紀年為「癸丑」，非「甲寅」。

7 「開元三年」的干支紀年為「乙卯」，非「丙辰」。

8 〈觀公孫大娘弟子舞劍器行并序〉云：「開元三載，余尚童稚，記於郾城，觀公孫氏舞劍器。」見《杜工部集》，卷七，頁 275-276。

9 「纔」，《老杜詩評》作「才」（頁 688）。

開元二十九年壬午[11]

天寶元年癸未[12]

《集》有〈天寶初，南曹司寇為山〉詩，[13]時年三十一。

天寶十一年癸巳[14]

〈上韋左相〉詩云：「鳳曆軒轅紀，龍飛四十春。」[15]是年玄宗即位四
十年。時有〈兵車行〉。天寶中詩：〈麗人行〉。

天寶十三年乙未[16]

是年，有〈三大禮賦〉，序：「臣生陛下淳樸之俗，四十年矣。」[17]時
年四十三。

---

10 「年」，《老杜詩評》無「年」。「誤」，《老杜詩評》作「悞」（頁 688）。

11 「開元二十九年」的干支紀年為「辛巳」，非「壬午」。

12 「天寶元年」的干支紀年為「壬午」，非「癸未」。

13 「司寇」，《老杜詩評》作「小司寇」。「詩」，《老杜詩評》作「之作」（頁 689）。此
外，《杜工部集》詩題作〈天寶初，南曹小司寇舅於我太夫人堂下壘土為山，一簣
盈尺，以代彼朽木，承諸焚香瓷甌，甌甚安矣。旁植慈竹，蓋茲數峯，嶔岑嬋娟，
宛有塵外數致。乃不知興之所至，而作是詩〉（卷九，頁 375）；仇兆鰲《杜詩詳注》
（臺北：里仁書局，1980 年）詩題作「假山」（卷一，頁 28）。

14 「天寶十一年」的干支紀年為「壬辰」，非「癸巳」。「年」，《老杜詩評》作「載」
（頁 689）。

15 《杜工部集》詩題作〈上韋左相二十韻〉（卷九，頁 368）。

16 「天寶十三年」的干支紀年為「甲午」，非「乙未」。

17 「樸」，《老杜詩評》作「朴」（頁 689）。《杜工部集》題作〈進三大禮賦表〉，表文
敘云：「臣生長陛下淳樸之俗，行四十載矣。」（卷十九，頁 808）

天寶十四年丙申[18]

是年十一月初,自京赴奉先,有〈詠懷〉詩;[19]是月,有祿山之亂。

天寶十五年丁酉。[20]是年七月,肅宗即位,改至德元年[21]

是年,避寇於馮翊,[22]有〈白水高齋〉、[23]〈三川觀漲〉詩。[24]六月,帝西幸。七月,至蜀郡。時有〈哀王孫〉詩。

至德二年戊戌[25]

是年,自城中竄歸鳳翔,拜左拾遺,有〈薦岑參〉、[26]〈謝口敕放推問狀〉。[27]八月,墨制放往鄜州,有〈北征〉詩。

乾元元年己亥[28]

是年,移華州司功,有〈試進士策〉、[29]〈為郭使君論殘寇狀〉。[30]時

---

18 「天寶十四年」的干支紀年為「乙未」,非「丙申」。

19 《杜工部集》詩題作〈自京赴奉先縣詠懷五百字〉,題下原注:「天寶十四載十一月初作。」(卷一,頁 39)

20 「天寶十五載」的干支紀年為「丙申」,非「丁酉」。「年」,《老杜詩評》作「載」(頁 689)。

21 「年」,《老杜詩評》作「載」(頁 689)。

22 「避」,《老杜詩評》作「辟」(頁 689)。

23 《杜工部集》詩題作〈白水縣崔少府十九翁高齋三十韻〉,題下原注:「天寶十五載五月作。」(卷一,頁 42)

24 《杜工部集》詩題作〈三川觀水漲二十韻〉,題下原注:「天寶十五年七月中,避寇時作。」(卷一,頁 43)

25 「至德二年」的干支紀年為「丁酉」,非「戊戌」。「年」,《老杜詩評》作「載」(頁 689)。

26 《杜工部集》題作〈為遺補薦岑參狀〉(卷二十,頁 867)。

27 「敕」,《老杜詩評》作「勒」(頁 689)。《杜工部集》題作〈奉謝口勒放三司推問狀〉(卷二十,頁 868)。

28 「乾元元年」的干支紀年為「戊戌」,非「己亥」。

有〈新安吏〉、〈石壕吏〉、〈新婚別〉、〈垂老別〉、〈無家別〉、〈留花門〉、〈洗兵馬〉詩。

乾元二年庚子[31]

是年，棄官之秦州，[32]自秦適同谷，自同谷入蜀。時有〈遣興三首〉。[33]

上元元年辛丑[34]

是年，在蜀郡，有〈百憂集行〉云「即今倏忽已五十」。按：是年年四十九。時有〈杜鵑行〉、〈石犀行〉、〈古栢行〉、〈病橘〉、〈病栢〉、〈枯椶〉、〈枯柟〉、〈憶昔〉各一首。[35]

上元二年壬寅[36]

是年，嚴武鎮成都，甫往依焉。

---

29 《杜工部集》題作〈乾元元年華州試進士策問五首〉（卷二十，頁854）。

30 《杜工部集》題作〈為華州郭使君進滅殘寇形勢圖狀〉（卷二十，頁870）。

31 「乾元二年」的干支紀年為「己亥」，非「庚子」。

32 「棄」，《老杜詩評》作「弃」（頁689）。

33 「遣興三首」，《分門集註》與《老杜詩評》皆作「遣興三百首」（頁59；689）。按：《杜工部集》有〈遣興三首〉，而無〈遣興三百首〉，「百」當為衍字。亦可參張忠綱：《杜甫詩話六種校注》，頁21。

34 「上元元年」的干支紀年為「庚子」，非「辛丑」。

35 「各一首」，《分門集註》與《老杜詩評》皆作「各一首述」（頁59；689），「述」當為衍字。亦可參張忠綱：《杜甫詩話六種校注》，頁21。

36 「上元二年」的干支紀年為「辛丑」，非「壬寅」。

寶應元年癸卯[37]

詩有「元年建巳月」，[38]乃是年也。

代宗廣德元年甲辰[39]

是年，有〈祭房相國文〉。[40]嚴武再鎮西川，奏甫節度參謀、檢校工部員外郎。作〈傷春五首〉。[41]

永泰元年丙午[42]

嚴武平蜀亂，[43]甫遊東川，除京兆功曹，不赴。

大曆元年丁未[44]

移居夔。

---

37 「寶應元年」的干支紀年為「壬寅」，非「癸卯」。

38 〈戲贈友二首〉其一詩云「元年建巳月，郎有焦校書」；其二詩云「元年建巳月，官有王司直」（《杜工部集》，卷五，頁190）。

39 「甲辰」，《分門集註》本作「申辰」；《老杜詩評》作「甲辰」（頁689）。「廣德元年」的干支紀年為「癸卯」，非「申辰」（或「甲辰」）。

40 《杜工部集》題作〈祭故相國清河房公文〉，並云：「維唐廣德元年，歲次癸卯，九月辛丑朔，二十二日壬戌，京兆杜甫，敬以醴酒茶藕薄鱭之奠，奉祭故相國清河房公之靈。」（卷二十，頁864）

41 「作〈傷春五首〉」，《老杜詩評》無此諸字（頁689）。

42 「永泰元年」的干支紀年為「乙巳」，非「丙午」。

43 「嚴武平蜀亂」，黃鶴《年譜》「永泰元年」下曾說：「呂《譜》云：『嚴武平蜀亂，甫遊東川，除京兆功曹，不赴。』不考是年四月武已死，又未嘗平蜀亂。」然，《老杜詩評》作「是年，嚴武卒，蜀亂」（頁690）。今依黃鶴《年譜》援引呂《譜》之言，仍依《分門集註》本，作「嚴武平蜀亂」。

44 「大曆元年」的干支紀年為「丙午」，非「丁未」。

大曆三年己酉[45]

離峽中,之荊南,至湘潭。

大曆五年辛亥[46]

有〈追酬高適人日〉詩。[47]是年夏,甫還襄漢,卒於岳陽。

予苦韓文、杜詩之多誤,既讎正之,又各為《年譜》,以次第其出處之歲月,而略見其為文之時,則其歌時傷世、幽憂竊嘆之意,[48]粲然可觀。又得以考其辭力,少而銳,壯而肆,老而嚴,[49]非妙於文章,不足以至此。〔元豐七年十一月十三日〕。[50]汲郡呂大防記。[51]

---

45 「大曆三年」的干支紀年為「戊申」,非「己酉」。

46 「大曆五年」的干支紀年為「庚戌」,非「辛亥」。

47 《杜工部集》詩題作〈追酬故高蜀州人日見寄并序〉(卷八,頁 331)。

48 「竊嘆」,《分門集註》作「切歎」(頁 61);《老杜詩評》作「竊嘆」(頁 690)。此外,《韓吏部文公集年譜》亦作「竊嘆」(見下)。

49 錢謙益〈注杜詩畧例〉:「呂汲公大防作《杜詩年譜》,以謂次第其出處之歲月,略見其為文之時,得以攷其辭力,少而銳,壯而肆,老而嚴者如此。汲公之意善矣,亦約舉言之耳。」見《錢牧齋先生箋註杜詩》(臺北:臺灣大通書局,1974 年),頁 25。

50 「元豐七年十一月十三日」,《韓吏部文公集年譜》:「予苦韓文、杜詩之多誤,既讎正之,又各為《年譜》,以次第其出處之歲月,而略見其為文之時,則其歌時傷世、幽憂竊嘆之意,粲然可觀。又得以考其辭力,少而銳,壯而健,老而嚴,非妙於文章,不足以至此。元豐七年十一月十三日,汲郡呂大防記。」見《韓柳年譜》(北京:中華書局,1991 年),卷一,頁 6。據此,增補「元豐七年十一月十三日」諸字。此諸字亦見於他本,譬如:《韓文類譜》,見《續修四庫全書》(上海:上海古籍出版社,2003 年),第 552 冊,卷一,頁 35。又如,〈杜工部、韓文公年譜後記〉,見《全宋文》(上海:上海辭書;合肥:安徽教育出版社,2006 年),卷一五七三,頁 209。

51 「汲郡呂大防記」,《老杜詩評》作「汲郡大丞相呂公記」(頁 690)。

趙子櫟《杜工部年譜》

趙子櫟傳略

　　趙子櫟（西元？-1137年），字夢援（或作夢授），宋代宗室，燕懿王後五世孫，哲宗元祐六年（1091）登進士第，嘗官寶文閣直學士，卒於高宗紹興七年（1137）。《宋史‧趙子櫟傳》說：「子櫟，燕懿王後五世孫。登元祐六年進士第。靖康中，為汝州太守。金人再渝盟，破荊湖諸州，獨子櫟能保境土。李綱言于朝，遷寶文閣直學士，尋提舉萬壽觀。紹興七年卒。」[1]

　　趙子櫟嘗撰作《杜工部年譜》（或作《杜工部草堂詩年譜》），並於宣和中（1119-1125）進獻杜詩年譜。宋‧莊綽《雞肋編》說：「宗室子櫟字夢援，宣和中以進韓文、杜詩二譜，為本朝除從官之始。然必欲次序作文歲月先後，頗多穿鑿。」[2]趙《譜》最特別的看法之一是將杜甫卒年繫於大曆六年辛亥，此有別於現存宋人諸譜皆以大曆五年庚戌為杜甫沒年之見解。《四庫全書‧提要》即曾云：「《杜工部年譜》一卷，宋‧趙子櫟撰。子櫟，字夢授，太祖六世孫。元祐六年進士。紹興中，官至寶文閣直學士。子櫟與魯訔均紹興間人，而撰此《譜》時，似乎未見訔《譜》，故篇中惟辨呂大防謂甫生於先天元年之誤，而不及訔。宋人自大防、魯訔而外，又有蔡興宗、黃鶴兩家，皆以甫卒五十九歲 —— 為大曆庚戌；獨子櫟持異議，以為卒於辛亥之冬，……。且子櫟以五年庚戌

1　元‧脫脫等：《宋史》（北京：中華書局，2004年），卷二百四十七，頁8745。
2　宋‧莊綽：《雞肋編》（北京：中華書局，2004年），卷中，頁82。

晚秋〈長河送李十二〉詩為甫絕筆，甫生平著述不輟，若以六年冬暴疾卒，何至一年之內，竟無一詩？此又其不確之証也。其所援引，亦簡畧，不及魯《譜》之詳，以其舊而存之，以備參考焉。」[3]言雖如此，然趙《譜》以其成篇年代較古遠，僅次於呂《譜》，仍有資於杜甫生平及其詩歌之理解。

　　趙子櫟撰作「杜工部年譜」，目前可得而見有四個版本：一、《文淵閣四庫全書》；二、《文津閣四庫全書》；三、《古逸叢書》；四、民國三年華新印刷局（天津六吉里內）鉛印本。本編以《文淵閣四庫全書》影印本（簡稱文淵閣本）所附為底本，校以《文津閣四庫全書》影印本（簡稱文津閣本）所附「杜工部年譜」、[4]《古逸叢書》（藝文印書館影印清德宗光緒黎庶昌校刊之《古逸叢書》，簡稱古逸叢書本）本所附「杜工部草堂詩年譜」，[5]及民國三年華新印刷局鉛印本（簡稱華新本）。[6]

3　《文淵閣四庫全書》（臺北：臺灣商務印書館，1986 年），第 446 冊，頁 251。此中「〈長河送李十二〉」，《杜工部集》詩題作〈長沙送李十一銜〉（卷十八，頁 790）。

4　《文津閣四庫全書》（北京：商務印書館，2006 年），第 445 冊，頁 2-7。

5　《杜工部草堂詩箋》，見《古逸叢書》（臺北：藝文印書館，1965 年），頁 28-35。

6　《杜工部年譜》，見《隋唐五代名人年譜》（北京：北京圖書館出版社，2005 年），第二冊，頁 1-19。

杜工部年譜[1]

宋・趙子櫟撰[2]

呂汲公大防為《杜詩年譜》，其說以謂：次第其出處之歲月，畧見其為文之時，[3]得以考其辭力，少而銳，壯而肆，老而嚴者如此。竊嘗深考其《譜》：以為甫生於睿宗先天元年壬子，[4]而甫實生於開元元年癸丑；以為甫沒於大歷五年庚戌，[5]而甫實沒於大歷六年辛亥。其推甫生、沒所值紀年，與夫紀年所值甲子，皆有一歲之差；且多疎畧。[6]今輒為訂正，而稍補其闕，俾觀者得以考焉。

明皇開元元年癸丑

按：天寶十載，公年三十九，奏〈三大禮賦〉，[7]〈表〉云：「生陛下淳朴之俗，行四十載。」[8]逆數之，[9]甫是年生。[10]《舊譜》：甫生

---

1 「杜工部年譜」，古逸叢書本作「杜工部草堂詩年譜（上）」（頁28）。

2 「宋・趙子櫟撰」，古逸叢書與華新本皆作「趙子櫟」（頁28；1）。

3 「畧」，古逸叢書與華新本皆作「略」（頁28；1）。

4 「為」，古逸叢書本作「謂」（頁28）。「壬子」，華新本作「庚戌」（頁1）。

5 「為」，古逸叢書與華新本皆作「謂」（頁28；1）。「沒」，華新本作「歿」（頁1）。「歷」，古逸叢書本作「厤」（頁28）；華新本作「曆」（頁1）。「庚戌」，華新本作「亥」（頁1），華新本當誤。

6 「疎畧」，古逸叢書本作「踈略」（頁28）；華新本作「疏略」（頁1）。

7 「三」，古逸叢書本作「上」（頁29）。

8 「淳」，古逸叢書本作「湻」（頁29）。「朴」，華新本作「樸」（頁2）。《杜工部集》題作〈進三大禮賦表〉，表文敘云：「臣生長陛下淳樸之俗，行四十載矣。」（卷十九，頁808）

9 「數」，古逸叢書本作「数」（頁29）。

10 「是年」，古逸叢書與華新本皆作「今年」（頁29；2）。

先天癸丑；奏賦，天寶十三載；十三載，年四十三。[11]十載，亦年
四十矣。

開元三年乙卯

夔峽〈觀公孫弟子舞劍器詩序〉云：「開元三年，余尚童稚，於郾城
觀公孫氏舞劍器。」[12]

開元七年己未

〈壯遊〉詩云「七齡思即壯」；[13]〈進鵰賦表〉云「自七歲所綴詩
筆」。甫作詩，起七歲。

開元九年辛酉

〈壯遊〉詩云：「九齡書大字，有作成一囊。」

開元十四年丙寅

〈壯遊〉詩云「往昔十四五」。[14]

開元十五年丁卯

甫年十五，後有〈百憂集行〉云「憶年十五心尚孩」。[15]

---

11 「舊譜」以下文字乃趙子櫟節引呂大防《年譜》之語，文字略有出入。

12 「劍」，華新本皆作「劍」（頁 2）。「觀公孫弟子舞劍器詩序」，《杜工部集》作「觀
公孫大娘弟子舞劍器行并序」；「開元三年，余尚童稚，於郾城觀公孫氏舞劍器」，
《杜工部集》作「開元三載，余尚童稚，記於郾城，觀公孫氏舞劍器」（卷七，頁
275-276）。

13 「壯遊」，古逸叢書本作「壯游」（頁 29）。

14 《杜工部集・壯遊》作「往者十四五」（卷六，頁 237）。

15 「後」，華新本無「後」字（頁 3）。

開元二十三年乙亥

有〈開元皇帝皇甫淑妃神道碑〉云「野老何知，斯文見託」，[16]甫時白衣。

開元二十五年丁丑

〈壯遊〉詩云「忤下考功第」。唐初，考功試進士；開元二十六年戊寅春，以考功輕，徙禮部，以春官侍郎主之。甫下考功第，蓋是年春也。[17]

開元二十八年庚辰

按柳芳《唐歷》：[18]開元二十八年，天下雄富，西京米價，〔斛〕不盈二百，[19]絹亦如之。東由汴宋，西歷岐鳳，[20]夾路列店，陳酒饌待客，行人萬里，不持寸刃。[21]〈憶昔〉詩云「憶昔開元全盛日，小邑猶藏萬家室。稻米流脂粟米白，公私倉廩皆豐實。[22]九州道路無豺

16　《杜工部集》題作〈唐故德儀贈淑妃皇甫氏神道碑〉（卷二十，頁 874）。

17　「蓋是年春也」，古逸叢書與華新本皆作「蓋今春也」（頁 29；4）。

18　「唐歷」，文津閣本作「歷唐」（頁 3），當為倒字。此外，《新唐書‧柳芳傳》說：「柳芳字仲敷，蒲州河東人。……芳篤志論著，不少選忘厭。承寇亂，史籍淪缺。芳始謫時，高力士亦貶巫州，因從力士質開元、天寶及禁中事，具識本末。時國史已送官，不可追刊，乃推衍義類，倣編年法，為《唐曆》四十篇，頗有異聞。然不立褒貶義例，為諸儒譏訕。」（卷一百三十二，頁 4536）

19　「柳芳《唐歷》：開元二十八年，天下雄富，西京米價，不盈二百」，《錢牧齋先生箋註杜詩》與《杜少陵集詳注》（北京：北京圖書館出版社，1999 年）皆作「柳芳《唐曆》：開元二十八年，天下雄富，京師米價，斛不盈二百」（卷五，頁 393；卷十四，頁 728），據此補「斛」字。

20　「岐」，古逸叢書本作「歧」（頁 30）。

21　《舊唐書‧玄宗本紀》「開元二十八年」下說：「是歲，……。其時頻歲豐稔，京師米斛不滿二百，天下又安，雖行萬里，不持兵刃。」（卷九，頁 213）

22　「豐」，古逸叢書本作「豐」（頁 30）。

虎，遠行不勞吉日出」，乃其時也。

開元二十九年辛巳

是年，甫有〈祭杜預文〉，云：十三葉孫甫，謹以寒食之奠，昭告於先祖晉鎮南大將軍當陽成侯預葬。[23]龜洛偃師首陽山南，[24]甫祭于洛之首陽。[25]

天寶元年壬午[26]

《集》有〈天寶初，南曹小司寇為山〉之作，時年三十。

天寶三載甲申

正月丙申朔，詔改年曰載。[27]

天寶六載丁亥

詔天下有一藝詣轂下。時李林甫相國命尚書省試，皆下之，遂賀野無遺賢于庭。其年，甫、元結皆應詔而退。[28]

---

23 「於」，古逸叢書本作「于」（頁 30）。「葬」，當指葬地，晉・當陽成侯杜預（字元凱）墓地即在洛陽偃師首陽山附近，《通典》（北京：中華書局，2003 年）「河南府」「偃師縣」下云：「有首陽山。……晉當陽侯杜元凱墓在西北。」（卷一百七十七，頁 4656）《杜工部集・祭遠祖當陽君文》作「維開元二十九年歲次辛巳月日，十三葉孫甫，謹以寒食之奠，敢昭告于先祖晉駙馬都尉鎮南大將軍當陽成侯之靈。……小子築室首陽之下」（頁 900-901）。

24 「龜」，疑當為「歸」。

25 「于」，華新本作「於」（頁 5）。

26 「寶」，古逸叢書本作「宝」（頁 30）。華新本句末又有「正月丁未改元」（頁 5）諸字。

27 「年」，古逸叢書與華新本皆作「元」（頁 30；6）。此外，《舊唐書・玄宗本紀》「天寶三載（正月）」下云：「改年為載。」（卷九，頁 217）

28 元結〈喻友〉說：「天寶丁亥中，詔徵天下士，人有一藝者，皆得詣京師就選。相

天寶九載庚寅

秋七月，置廣文館於國子監，[29]以鄭虔為博士。[30]贈鄭虔〈醉時歌〉
云「廣文先生官獨冷」，[31]是年秋後所作也。[32]

天寶十載辛卯

〈明皇紀〉：「天寶十載春正月，朝見太清宮、朝饗太廟及有事於南
郊。」[33]甫上〈三大禮賦〉，授河西尉，改右衛率府胄曹。[34]《史》
謂：[35]甫天寶十三載獻賦。[36]而考〈明皇紀〉：十三載，至自華清，朝

國晉公林甫，以草野之士猥多，恐洩漏當時之機，議於朝廷曰：『舉人多卑賤愚
聵，不識禮度，恐有謿言，污濁聖聽。』於是奏待制者，悉令尚書長官考試，御史
中丞監之；試如常例，如吏部試詩賦論策。已而布衣之士無有第者。遂表賀人主，
以為野無遺賢。」見《全唐文》（北京：中華書局，2001 年），卷三八三，頁
3887。

29 《舊唐書》「天寶九載」說：「秋七月己亥，國子監置廣文館，領生徒為進士業
者。」（卷七，頁 224）

30 「博士」，華新本作「將士」（頁 6），華新本當誤。宋‧王溥《唐會要》「廣文館」
下曾云：「天寶九載七月十三日置，領國子監進士業者，博士、助教各一人，品秩
同太學。以鄭虔為博士，至今呼鄭虔為鄭廣文。」見《唐會要》（上海：上海古籍
出版社，2006 年），卷六十六，頁 1375。

31 〈醉時歌〉題下有原注：「贈廣文館博士鄭虔。」（《杜工部集》，卷一，頁 20）

32 「是」，古逸叢書與華新本皆作「今」（頁 30；7）。

33 《舊唐書‧玄宗本紀》云：「（天寶）十載春正月……。壬辰，朝獻太清宮。癸巳，
朝饗太廟。甲午，有事於南郊，合祭天地。」（卷九，頁 224）《新唐書‧玄宗本
紀》亦云：「（天寶）十載正月壬辰，朝獻于太清宮。癸巳，朝享于太廟。甲午，有
事于南郊。」（卷五，頁 147）

34 「率府」，古逸叢書本作「事府」（頁 31）。此外，「右衛率府胄曹」，據《杜工部
集》，當作「右衛率府兵曹」，〈官定後戲贈〉題下原注：「時免河西尉，為右衛率府
兵曹。」（《杜工部集》，卷九，頁 393）

35 「《史》謂」，文津閣本作「吏謂」（頁 4），文津閣本當誤。

36 《新唐書‧杜甫傳》說：「天寶十三載，玄宗朝獻太清宮，饗廟及郊，甫奏賦三
篇。帝奇之，使待制集賢院，命宰相試文章，擢河西尉，不拜，改右衛率府胄曹參
軍。」（卷二百一，頁 5736）

獻太清宮；未嘗郊、廟，行三大禮。當以〈明皇紀〉為證。

天寶十一載壬辰

除夕曲江族弟杜位宅守歲云「守歲阿戎家」云云，[37]甫年四十；獻歲，[38]年四十一。[39]位弟，字戎。甫從弟；李林甫壻。[40]宅近曲江，浣花寄位云「玉壘題詩心緒亂，何時更得曲江遊」。[41]

天寶十三載甲午

〈上韋左相〉詩「鳳歷軒轅紀，龍飛四十春」，[42]玄宗即位四十二載，[43]故云。玄宗〈西岳太華碑〉曰：天寶十二載癸巳；甫〈進封嶽表〉「杜陵諸生，年過四十」；[44]丞相國忠，[45]今春二月丁丑，陟司空，[46]

37　〈杜位宅守歲〉云：「守歲阿戎家，椒盤已頌花。」（《杜工部集》，卷九，頁 388-389）

38　「獻歲」，進入新歲，猶新年，《楚辭‧招魂》：「獻歲發春兮，汨吾南征。」王逸注云：「獻，進。征，行。言歲始來進，春氣奮揚，萬物皆感氣而生，自傷放逐，獨南行也。」見《楚辭補注》（臺北：頂淵文化事業有限公司，2005 年），頁 213。

39　趙子櫟認為：天寶十載，時杜甫三十九歲；天寶十一載（除夕），四十歲；十二載新春，即四十一歲，故云。

40　「壻」，古逸叢書本作「婿」（頁 31）。

41　〈寄杜位〉題下有原注「位京中宅，近西曲江，詩尾有述」，詩並云「玉壘題書心緒亂，何時更得曲江遊」（《杜工部集》，卷十三，頁 580-581）。

42　〈上韋左相二十韻〉云「鳳曆軒轅紀，龍飛四十春」（《杜工部集》，卷九，頁 368）。

43　「玄宗」，古逸叢書與華新本皆作「元宗」（頁 31；8）。

44　「嶽」，古逸叢書本作「岳」（頁 31）。〈進封西岳賦表〉云「臣甫言：臣本杜陵諸生，年過四十」（《杜工部集》，卷十九，頁 827）。

45　「國忠」，文津閣本作「國中」（頁 4），文津閣本當誤。

46　《新唐書‧玄宗本紀》「天寶十三載二月」下說：「丁丑，楊國忠為司空。」（卷五，頁 150）此外，《舊唐書‧玄宗本紀》「天寶十三載二月」則說：「戊寅，右相兼文部尚書楊國忠守司空，餘如故。甲申，司空楊國忠受冊。」（卷九，頁 228）

〈賦〉曰「維岳，……，克生司空」；[47]則賦當在是載。[48]甫是年四十二，[49]故曰「年過四十」。

天寶十四載乙未

是年十一月初，自京赴奉先，有〈奉先縣詠懷〉詩；[50]是月，有祿山之亂。

至德元載丙申[51]

是年，肅宗即位，改至德元載。夏五月，甫避寇左馮翊，[52]逆旅鄜畤，[53]有〈白水高齋〉、[54]〈三川觀漲〉詩。[55]六月，祿山入潼關，明皇西幸。七月，肅宗即位靈武。甫自鄜挺身赴朝廷，漸北至彭衙行，[56]

---

47 〈進封西岳賦表〉作「維岳，授陛下元弼，克生司空」（《杜工部集》，卷十九，頁828）。

48 「是載」，古逸叢書與華新本皆作「今載」（頁31；8）。

49 「是年」，古逸叢書與華新本皆作「今年」（頁31；8）。

50 《杜工部集》詩題作〈自京赴奉先縣詠懷五百字〉，題下原注：「天寶十四載十一月初作。」（卷一，頁39）

51 「載」，華新本作「年」（頁9）。華新本句末又有「十五載丙申七月，肅宗即位，改至德元載」（頁9）諸字。

52 「左馮翊」，唐代同州。唐代同州領縣有：白水縣等。《通典》「馮翊郡」下說：「同州，……。武帝改為左馮翊。……。大唐為同州，或為馮翊郡。領縣七：……白水。」（卷一百七十三，頁4514）

53 「鄜畤」，鄜州舊地名，《史記‧秦本紀》（北京：中華書局，2005年）說：「（文公）十年，初為鄜畤，用三牢。」（卷五，頁179）司馬貞索隱說：「於鄜地作畤，故曰鄜畤。」（卷五，頁180）另外，《元和郡縣圖志》（北京：中華書局，2005年）「關內道」「鄜州」下也說：「春秋時屬秦，……。廢帝改為鄜州，因秦文公夢黃蛇自天降屬於地，遂於鄜衍立鄜畤為名。」（卷三，頁70）

54 《杜工部集》詩題作〈白水縣崔少府十九翁高齋三十韻〉（卷一，頁42）。

55 《杜工部集》詩題作〈三川觀水漲二十韻〉（卷一，頁43）。

56 「漸北」，猶逐漸向北。「彭衙行」，本杜詩篇名，此當誤作地名。陳文華《杜甫傳記唐宋資料考辨》（臺北：文史哲出版社，1987年）說：「『彭衙行』不是地名，乃

遂陷賊中。冬有〈悲陳陶〉、〈悲青坂〉、[57]〈哀王孫〉詩。

至德二載丁酉

其春，猶陷賊，[58]作曲江行、[59]〈春望〉、〈憶幼子〉。賊退，竄歸鳳翔，拜左拾遺。房琯敗陳陶，甫上疏救之，有〈薦岑參〉、[60]〈謝口敕放推問狀〉。[61]八月，墨制放往鄜州，有〈別賈、嚴二閣老〉、[62]〈北征〉、〈徒步歸行〉、〈羌村〉詩。[63]

乾元元年戊戌[64]

夏六月，出為華州司功。其秋，有〈試進士策〉、[65]〈代華牧郭使君論殘寇狀〉。[66]時有〈留花門〉、〈洗兵馬〉詩。

乾元二年己亥

元年九月，九節度兵討慶緒於鄴城，遂潰。三月，官軍敗滏水。[67]甫

是杜詩的篇名。……。趙子櫟當是誤以篇名為地名了。」（頁 92）

57 「坂」，華新本作「坁」（頁 9），華新本當誤。

58 「賊」，華新本作「賦」（頁 10），華新本當誤。

59 「曲江行」，非杜詩篇名，乃杜詩中文字，此當誤作篇名。〈哀江頭〉云「少陵野老吞聲哭，春日潛行曲江曲」（《杜工部集》，卷一，頁 46）。

60 《杜工部集》題作〈為遺補薦岑參狀〉（卷二十，頁 867）。

61 「敕」，古逸叢書本作「勑」（頁 32）。《杜工部集》題作〈奉謝口勑放三司推問狀〉（卷二十，頁 868）。

62 《杜工部集》詩題作〈留別賈、嚴二閣老兩院補闕〉（卷十，頁 409）。

63 「羌」，華新本作「羗」（頁 10）。

64 華新本句末有「二月改元，後以載為年」諸字（頁 10）。

65 《杜工部集》題作〈乾元元年華州試進士策問五首〉（卷二十，頁 854）。

66 「牧」，古逸叢書本作「州」（頁 32）。此外，《杜工部集》題作〈為華州郭使君進滅殘寇形勢圖狀〉（卷二十，頁 870）。

67 《新唐書・肅宗本紀》「乾元二年」下說：「三月……，九節度之師潰于滏水。」

有〈新安吏〉、〈石壕吏〉、〈新婚別〉、〈垂老別〉、〈無家別〉。甫時華州司功參軍。關輔飢，[68]棄官西去，[69]度隴，客秦亭。[70]〈立秋後〉詩云「惆悵年半百」；[71]甫年四十七。冬十月，發秦州，初至赤谷，南至鐵堂峽，遂踐同谷城、[72]積草嶺、鳳皇臺。[73]

上元元年庚子

成都西郭〈草堂〉詩云「經營上元始」，[74]即其時也。有浣花〈卜居〉、〈狂夫〉、〈有客〉、〈南鄰〉、〈謾興〉、[75]〈王侍御掄邀高蜀州適〉詩。[76]

上元二年辛丑[77]

是年，在蜀郡。有〈百憂集行〉云「即今倏忽已五十」。按：是年，

（卷六，頁 161）

68 「飢」，古逸叢書本作「饑」（頁 32）。

69 「棄」，古逸叢書本作「弃」（頁 32）。

70 「秦亭」，據後文「發秦州」三字，當作秦州。

71 「立」，華新本作「五」（頁 11），華新本當誤。《杜工部集》詩題作〈立秋後題〉（卷二，頁 91）。

72 「遂」，古逸叢書本作「逐」（頁 32）。

73 「皇」，古逸叢書本作「鳳」（頁 32）。《杜工部集》詩題作〈鳳凰臺〉（卷三，頁 122）。

74 《杜工部集》詩題作〈寄題江外草堂〉（卷四，頁 161）。

75 「謾興」，文津閣本作「謾興」（頁 5）；文淵閣、古逸叢書與華新諸本皆作「謾與」（頁 255；32；11）。《九家集註杜詩》（臺北：臺灣大通書局，1974 年）有〈絕句漫興九首〉（卷二十二，頁 1616）。

76 《杜工部集》詩題作〈王十七侍御掄許攜酒至草堂奉寄此詩便請邀高三十五使君同到〉（卷十一，頁 497）。

77 華新本句末有「九月，去『上元』年號，稱元年，以十一月為歲首，以斗所建辰為名」諸字（頁 12）。

年四十九。有〈杜鵑行〉、〈石犀行〉、〈古柏行〉、[78]〈病柏〉、〈病橘〉、〈枯椶〉、〈枯柟〉詩。〈代宗紀〉：上元二年九月壬寅，詔剗「上元」號，獨曰元年，……，月以斗建命之，以建子起歲。[79]〈草堂即事〉「荒村建子月」；又，〈戲贈友〉詩「元年建巳月，郎有焦校書」、「元年建巳月，官有王司直」。[80]其年，太子少保鄴國公崔光遠為成都尹、劍南節度，[81]會東川段子璋殺其節度，李奐走成都，光遠命花驚定平之，甫有〈贈花卿歌〉。[82]光遠死，[83]其月廷命嚴武。

寶應元年壬寅[84]

嚴武是春開府成都，[85]甫有〈嚴中丞枉駕浣花草堂〉、[86]〈仲夏嚴中丞

---

78 「柏」，古逸叢書本作「栢」（頁 32）。

79 「代宗紀」，當作「肅宗紀」。《新唐書・肅宗本紀》「上元二年」下云：「九月壬寅，……，去『上元』號，稱元年，以十一月為歲月，月以斗所建辰為名。」（卷六，頁 164）此外，《資治通鑑》（臺北：新象書局，1981 年）「上元二年九月」也說：「壬寅，制去尊號，但稱皇帝；去年號，但稱元年，以建子月為歲首，月皆以所建為數。」（卷二百二十二，頁 7116）

80 「官」，華新本作「宮」（頁 12），華新本當誤。〈戲贈友二首〉詩（《杜工部集》，卷五，頁 190）。

81 「國」，古逸叢書本作「国」（頁 33）；「劍」，古逸叢書本作「劔」（頁 33）。

82 「贈花卿歌」，《杜工部集》有〈戲作花卿謌〉（卷四，頁 138）與〈贈花卿〉（卷十一，頁 499）兩首，據杜詩意，此當指〈戲作花卿謌〉而言。

83 《舊唐書・崔光遠傳》云：「（上元）二年，兼成都尹，充劍南節度營田觀察處置使，……。及段子璋反，東川節度使李奐敗走，投光遠，率將花驚定等討平之。將士肆其剽劫，婦女有金銀臂釧，兵士皆斷其腕以取之，亂殺數千人，光遠不能禁。肅宗遣監軍官使按其罪，光遠憂恚成疾，上元二年十月卒。」（卷一百一十一，頁 3319）

84 華新本句末有「建正月改元後，以正月為歲首，建巳月為四月。是月，代宗即位」諸字（頁 13）。《新唐書・肅宗本紀》則說：「建巳月……。大赦，改元年為寶應元年，復以正月為歲首，建巳月為四月。」（卷六，頁 165）

85 「是」，古逸叢書與華新本皆作「今」（頁 33；13）。

86 《杜工部集》詩題作〈嚴中丞枉駕見過〉（卷十二，頁 510）。

見過〉之作。[87]〈草堂〉詩云「斷手寶應年」，[88]即其時也。甫與嚴武巴西相別。其冬，甫游射洪陳拾遺草堂，南至通泉縣，還梓州。

代宗廣德元年癸卯[89]

其春，甫有登梓州城樓；[90]又，西北游涪城。[91]夏，還，有〈梓城南樓陪章侍御〉詩。[92]九月，有〈祭房相公文〉；[93]其秋，入閬中。其冬，有〈放船〉、〈江上〉詩；甫巴西聞收京闕，有〈送班司馬入京〉詩。[94]其年，代宗幸陝，有〈憶昔〉詩云「得不哀痛塵再蒙」，[95]自天寶十四載至此九年，玄宗幸蜀，代宗又幸陝，故曰「塵再蒙」。甫年五十一。

廣德二年甲辰

嚴武再鎮蜀，甫贈詩云「殊方又喜故人來」。[96]除京兆功曹，不赴；武辟劍南參謀、檢校工部員外郎。閬塗中，贈武詩「得歸茅屋赴成都，

---

87 《杜工部集》詩題作〈嚴公仲夏枉駕草堂兼攜酒饌得寒字〉（卷十二，頁 518）。

88 「斷」，古逸叢書本作「断」（頁 33）。《杜工部集》詩題作〈寄題江外草堂〉（卷四，頁 161）。

89 華新本句末有「七月，改元」諸字（頁 13）。

90 杜甫有〈春日梓州登樓二首〉詩（《杜工部集》，卷十二，頁 527）。

91 杜甫有〈涪城縣香積寺官閣〉詩（《杜工部集》，卷十二，頁 535）。

92 「南」，文津閣本作「內」（頁 6）。「章」，文淵閣、文津閣與華新本皆作「趙」字（頁 256；6；14），惟古逸叢書本作「章」（頁 33），當以「章」字為是，杜甫即有〈陪章留後侍御宴南樓得風字〉詩（《杜工部集》，卷十二，頁 536）。

93 《杜工部集》題作〈祭故相國清河房公文〉（卷二十，頁 864）。

94 《杜詩詳注》詩題作〈巴西聞收京闕送班司馬入京二首〉（卷十三，頁 1079）。

95 「得不哀痛塵再蒙」，非出自〈憶昔〉，乃〈冬狩行〉詩句。〈冬狩行〉有「飄然時危一老翁，十年厭見旌旗紅。……朝廷雖無幽王禍，得不哀痛塵再蒙」諸句（《杜工部集》，卷四，頁 153）。

96 〈奉待嚴大夫〉詩句（《杜工部集》，卷十三，頁 551）。

直為文翁再剖符」。[97]其夏，至蜀，有公堂〈揚旗〉、[98]〈和嚴武早秋〉詩。[99]〈揚旗〉詩云「二州陷犬戎」；一本作「三州」。〈代宗紀〉「吐蕃陷松、維二州」，[100]柳芳《歷》：粮運絕，[101]西川節度高適不能軍，吐蕃陷松、維、保三州。甫年五十二。

永泰元年乙巳[102]

其春，飲鄭公堂。四月，嚴武死。有〈哭嚴僕射歸櫬〉詩。

大歷元年丙午[103]

二月，杜鴻漸鎮蜀。甫厭蜀思吳，成都亂，遂南游東川，至夔峽，浮家戎、江、渝州。[104]〈候嚴六侍御〉、[105]〈題忠州龍興寺〉詩。[106]

大歷二年丁未

有雲安立春詩。放船下峽，初宅瀼西，有〈赤甲〉、〈白鹽〉、[107]〈東

97　「直」，古逸叢書與華新本皆作「真」（頁 33；14）；「剖」，古逸叢書本作「部」（頁 34）。〈將赴成都草堂途中有作先寄嚴鄭公五首〉其一詩云「得歸茅屋赴成都，直（一云真）為文翁再剖符」（《杜工部集》，卷十三，頁 560）。

98　〈揚旗〉題下原注云「二年夏六月，成都尹鄭公置酒公堂，觀騎士，試新旗幟」（《杜工部集》，卷五，頁 188）。

99　《杜工部集》本詩題作〈奉和軍城早秋〉（卷十三，頁 570）；《杜詩詳注》本詩題作〈奉和嚴鄭公軍城早秋〉（卷十四，頁 1170）。

100　《新唐書・代宗本紀》「廣德元年十二月」說：「吐蕃陷松、維二州。」（卷六，頁 169）

101　「粮」，華新本作「糧」（頁 15）。

102　華新本句末有「正月，改元」諸字（頁 15）。

103　華新本句末有「十一月，改元」諸字（頁 15）。

104　「浮家」，以船為家，浮於江上，居無定所，飄泊不定。

105　《杜工部集》詩題作〈渝州候嚴六侍御不到先下峽〉（卷十四，頁 592）。

106　《杜工部集》詩題作〈題忠州龍興寺所居院壁〉（卷十四，頁 594）。

107　「白鹽」，文淵閣、文津閣與華新本皆僅作「鹽」字（頁 256；6；16）；惟古逸叢

屯〉、[108]〈白帝〉詩。其年十月十九，有〈觀公孫大娘弟子舞劍器〉詩，[109]云「五十年間似反掌」，自開元三載，相去五十三年。甫年五十五。

大歷三年戊申

正月旦，有〈太歲日〉詩。[110]正月甲子，[111]放船下峽。留峽州之上牢、下牢。過荊州之松滋，有〈荊南秋日〉詩「九鑽巴噀火，三蟄楚祠雷」，[112]自庚子卜築劍外「巴」道，[113]及丙午逆旅雲安；[114]雲安，「楚」地。移居公安。歷石首劉郎浦。[115]其冬，至湘潭，有〈岳陽樓〉、[116]〈歲晏行〉。

大歷四年己酉

有〈岳陽〉、[117]〈洞庭湖〉、[118]〈青草湖〉、[119]〈湘夫人祠〉、〈喬

書本作「白鹽」（頁 34）。《杜工部集》有〈白鹽山〉詩（卷十六，頁 701）。

108 《杜工部集》有〈東屯月夜〉與〈東屯北俺〉詩（卷十六，頁 722；722）。

109 〈觀公孫大娘弟子舞劍器行并序〉云「大曆二年十月十九日，夔府別駕元持宅，見臨穎李十二娘舞劍器，壯其蔚跂」（《杜工部集》，卷七，頁 275）。

110 「太」，古逸叢書與華新本皆作「大」（頁 34；16）。《杜工部集》詩題亦作〈太歲日〉（卷十七，頁 745）。

111 「正月甲子」，十九日。

112 《杜工部集》詩題作〈秋日荊南述懷三十韻〉（卷十七，764）。

113 「庚子」，上元元年。

114 「丙午」，大歷元年。

115 石首縣有劉郎浦，王象之《輿地紀勝》（北京：中華書局，2003 年）「江陵府下」說：「劉郎浦，在石首縣西南。」（卷六十五，頁 2218）

116 《杜工部集》有〈登岳陽樓〉詩（卷十八，頁 780）。

117 〈陪裴使君登岳陽樓〉詩有「雪岸叢梅發，春泥百草生」兩句（《杜工部集》，卷十八，頁 780）。

118 《杜工部集》有〈過南岳入洞庭湖〉詩（卷十八，頁 780）。

119 《杜工部集》詩題作〈宿青草湖〉（卷十八，頁 781）。

口〉、[120]〈道林岳麓二寺〉詩。[121]

大歷五年庚戌

高適乾元中刺蜀州，永泰元年卒，至大歷五年，實六年矣。是年庚戌，甫年五十八。正月，追酬高蜀州人日，寄漢中王瑀、敬昭州超先。[122]二月，湖南屯將臧玠犯長沙；甫發潭州，泝湘，宿鑿石浦，過津口，次空靈岸，宿花石戍，[123]過衡山，回棹至衡東南邑曰耒陽，有〈呈聶令〉詩。[124]或謂甫絕筆耒陽之夏，[125]然「耒陽」古體之後，律詩尚有：〈千秋〉、[126]〈晚秋〉、[127]〈長沙送李十二〉曰「與子避地西康州，洞庭相逢十二秋」，[128]類此者多。

---

120 《杜工部集》詩題作〈入喬口（長沙北界）〉（卷十八，頁 783）。

121 《杜工部集》詩題作〈岳麓山道林二寺行〉（卷八，頁 352）。

122 〈追酬故高蜀州人日見寄并序〉云「開文書帙中，檢所遺忘，因得故高常侍適（往居在成都時，高任蜀州刺史）〈人日相憶見寄〉詩，淚灑行間，讀終篇末，自枉詩已十餘年。……。今海內忘形故人，獨漢中王瑀與昭州敬使君超先在，愛而不見，情見乎辭。大曆五年正月二十一日却追酬高公此作，因寄王及敬弟」（《杜工部集》，卷八，頁 331-332）。

123 「花石戍」，文淵閣、文津閣與華新本皆作「石花戍」（頁 257；7；18）；惟古逸叢書本作「花石戍」（頁 35）。《杜工部集》詩題亦作〈宿花石戍〉（卷八，頁 344）。

124 《杜工部集》詩題作〈聶耒陽以僕阻水，書致酒肉，詩得代懷，至縣呈聶一首〉（卷八，頁 355）。

125 「謂」，華新本作「請」；「筆」，華新本無「筆」字（頁 18）。呂大防《年譜》曰：「大曆五年辛亥。有〈追酬高適人日〉詩。是年夏，甫還襄漢，卒於岳陽。」

126 《杜工部集》有〈千秋節有感二首〉詩（卷十八，頁 789）。

127 「律詩尚有千秋晚秋」，文淵閣與華新本皆作「律詩尚盡一秋晚秋」（頁 257；18）；古逸叢書本作「律詩尚有千秋晚秋」（頁 35）。《杜工部集》有〈晚秋長沙蔡五侍御飲筵送殷六參軍歸澧州覲省〉詩（卷十八，頁 790）。

128 「長沙送李十二」，《杜工部集》詩題作〈長沙送李十一銜〉（卷十八，頁 790）。

大歷六年辛亥

甫其冬北征，棄魄巴陵，元稹〈誌〉：劍南兩川節度嚴武，狀公工部員外、參謀軍事。旋棄去，扁舟下荊楚間，[129]竟以寓卒，旅殯岳陽，享年五十九。[130]或謂：[131]遊耒陽江上，[132]宿酒家，是夕，江水泛漲，為水漂沒，[133]聶令堆空土為墳；[134]或謂：聶令饋白酒、牛炙，脹飫而死，[135]皆不可信。

---

129 「間」，古逸叢書與華新本皆無「間」字（頁 35；19）。

130 「竟以寓卒，旅殯岳陽，享年五十九」，古逸叢書與華新本皆作「年五十九，以卒，旅襯岳陽」（頁 35；19）。元稹〈唐故檢校工部員外郎杜君墓係銘〉：「劍南節度嚴武，狀為工部員外郎、參謀軍事。旋又棄去，扁舟下荊楚間，竟以寓卒，旅殯岳陽，享年五十九。」（《杜工部集》，卷二十，頁 893-894）

131 「或謂」，古逸叢書與華新本皆作「說者或謂」（頁 35；19）。

132 「耒陽」，華新本作「來陽」（頁 19），當誤。

133 「沒」，文淵閣與華新本皆作「漲」（頁 257；19）；文津閣與古逸叢書本皆作「沒」（頁 7；35）。

134 《杜詩詳註》說：「唐人李觀作《杜傳補遺》，謂公往耒陽，聶令不禮，一日過江上洲中，醉宿酒家，是夕江水暴漲，為驚湍漂沒，其尸不知落於何處。洎玄宗還南內，思子美，詔天下求之，聶令乃積空土於江上。」（卷二十三，頁 2084）

135 唐・鄭處晦《明皇雜錄》（北京：中華書局，2011 年）曾說：「杜甫後漂寓湘、潭間，旅於衡州耒陽縣，頗為令長所厭。甫投詩於宰，宰遂致牛炙白酒以遺；甫飲過多，一夕而卒。《集》中猶有〈贈聶耒陽〉詩也。」（頁 47）此外，《新唐書・杜甫傳》亦云：「大曆中，出瞿唐，下江陵，泝沅、湘以登衡山，因客耒陽。游嶽祠，大水遽至，涉旬不得食，縣令具舟迎之，乃得還。令嘗饋牛炙白酒，大醉，一昔卒，年五十九。」（卷二百一，頁 5738）

蔡興宗《杜工部年譜》

蔡興宗傳略

　　蔡興宗（即蔡伯世，生卒年不詳），東萊人（或謂蜀人），嘗著
《重編少陵先生集並正異》，宋・胡仔（1108？-1168？）曾說：「子
美詩集，余所有者凡八家：……，《重編少陵先生集並正異》，則東萊
蔡興宗也。」[1]據宋・晁公武（約生於1102-1106；卒於1187前）《郡齋
讀書志》所載，[2]蔡興宗所重編杜詩計有二十卷，並依年月編次之，
《郡齋讀書志》說：「蔡興宗《編杜詩》二十卷。……。皇朝自王原
叔以後，學者喜觀甫詩，世有為之注者數家，率皆鄙淺可笑。有託原
叔名者，其實非也。呂微仲在成都時，嘗譜其年月。近時有蔡興宗
者，再用年月編次之。而趙次公者，又以古律詩雜次第之，且為之
注。兩人頗以意改定其誤字云。」[3]

　　呂大防之後，蔡興宗嘗重編杜詩年譜，或謂《詩譜》，譬如趙次
公曾云「蔡伯世作《詩譜》」；[4]或謂《年譜》，譬如《分門集註》「集
註杜工部詩姓氏」下即曾云「東萊蔡氏伯世撰《年譜》[5]又如宋・汪

1　宋・胡仔：《漁隱叢話・後集》（臺北：廣文書局，1967年），卷八，頁1351-1352。
2　孫猛說：「晁公武……，他大約生於宋徽宗崇寧年間（1102至1106），……，約於
　　孝宗淳熙間（當在十四年前）去世。」參宋・晁公武撰；孫猛校證：《郡齋讀書志
　　校證》（上海：上海古籍出版社，2006年），前言，頁1。
3　《郡齋讀書志校證》，卷十七，頁857。
4　宋・趙次公撰；林繼中輯校：《杜詩趙次公先後解輯校》（上海：上海古籍出版社，
　　1994年），丁帙卷之四，頁767。
5　《分門集註》，頁48。另亦可參徐居仁編、黃鶴補注：《集千家註分類杜工部詩》
　　（臺北：臺灣大通書局，1974年），頁98。

應辰（1118-1176）〈書少陵詩集正異〉亦曾云：「始余得洪州州學所
刻《少陵詩集正異》者觀之，中間多云『其說已見卷首』，或云『他
卷』，或云『年譜』，殊不可曉。既而過進賢，偶縣大夫言有蜀人蔡伯
世重編杜詩，亟借之，乃得全書。」[6]又如，黃鶴《補注杜詩》亦嘗
稱其為《年譜》，其於〈飲中八仙歌〉下即曾說：「蔡興宗《年譜》
云：天寶五載。」[7]宋人蔡興宗所重編杜詩年譜，與呂大防、趙子
櫟、魯訔、黃鶴等人所作少陵年譜同為傳世之作。

　　蔡興宗重編的杜詩年譜主要是見於《分門集註》卷首附錄之中。
此外，《北京圖書館藏珍本年譜叢刊》亦收有蔡興宗《杜工部年譜》，
是編並有「民國間影印本」諸字，[8]此當是《分門集註》卷首之影印本。

6　宋‧汪應辰：《文定集》，見《文津閣四庫全書》（北京：商務印書館，2006 年），第
　　1142 冊，卷十，頁 760-761。

7　宋‧黃希原著、黃鶴補注：《補注杜詩》，見《文淵閣四庫全書》（臺北：臺灣商務
　　印書館，1986 年），卷二，頁 68。

8　《北京圖書館藏珍本年譜叢刊》（北京：北京圖書館出版社，1999 年），第九冊，頁
　　606。

東萊蔡興宗重編

玄宗先天元年壬子

先生姓杜氏，諱甫，字子美，其先襄陽人，後徙河南之鞏縣，晉鎮南大將軍當陽城侯預之十三世孫。曾祖依藝，監察御史、洛州鞏縣令。祖審言，修文館學士、尚書膳部員外郎。父閑，京兆府奉天縣令。先生生於是歲。元微之撰〈墓係〉云「享年五十九」；[1]王原叔〈集記〉云：卒於大曆五年，[2]是也。桉《唐史》：明皇，傳位後，始改元。[3]而呂汲公所編《年譜》作「睿宗先天元年癸丑」皆誤。[4]

天寶五載丙戌。三載正月，詔改年為載[5]

有〈飲中八仙歌〉，略曰「左相日興費萬錢，飲如長鯨吸百川，銜盃樂聖稱避賢」。桉《唐史》：是歲四月，李適之自左相罷政。七月，坐韋堅累，貶宜春太守。明年正月，自殺。適之嘗賦詩云「避賢初罷

---

1 元稹〈唐故檢校工部員外郎杜君墓係銘〉：「享年五十九。」（《杜工部集》，卷二十，頁894）
2 王洙〈杜工部集記〉說：「五年夏，一夕，醉飽卒。」（《杜工部集》，頁2-3）
3 《新唐書・睿宗本紀》說：「八月庚子，立皇太子為皇帝，……。甲辰，大赦，改元。」（卷五，頁119）
4 筆者按：「皆誤」兩字當指呂《譜》「睿宗先天元年癸丑」一語而言。其誤有二：一、當為玄宗先天元年，非睿宗先天元年，理由即所言睿宗傳位（玄宗即位）後，始改為先天。二、先天元年為「壬子」，非「癸丑」，故云「皆誤」。
5 《舊唐書・玄宗本紀》說：「（天寶）三載正月……，改年為載。」（卷九，頁217）
《新唐書・玄宗本紀》說：「（天寶）三載正月……，改年為載。」（卷五，頁144）

相，樂聖且傳盃」。[6]《集》中誤為稱「世賢」。[7]

九載庚寅

時年三十九。是歲冬，進〈三大禮賦〉。〈進表〉曰：「臣生陛下淳樸之俗，行四十載矣。」[8]其〈賦〉曰：「冬十有一月，天子將納處士之議。」[9]又曰：「明年孟陬，將攄大禮……。」[10]又曰：「壬辰，既格于道祖……。」[11]又曰：「甲午，方有事於采壇……。」[12]桉《唐史》：「十載春正月，壬辰，上朝獻太清宮。癸巳，朝享太廟。甲午，合祀天地於南郊。」[13]而《新書·列傳》、[14]〈集記〉、[15]《舊譜》[16]及賦題

6　《舊唐書·玄宗本紀》說：「（天寶五載）夏四月庚寅，左相、渭源伯李適之為太子少保，罷知政事。……。秋七月丙子，韋堅為李林甫所構，配流臨封郡。……。太子少保李適之貶宜春太守，到任，飲藥死。……。六載正月辛巳朔，北海太守李邕、淄川太守裴敦復並以事連王曾、柳勣，遣使就殺之。」（卷九，頁 220-221）此外，《舊唐書·李適之傳》亦云：「（天寶）五載，罷知政事，守太子少保。遽命親故歡會，賦詩曰：『避賢初罷相，樂聖且銜盃。為問門前客，今朝幾箇來？』竟坐與韋堅等相善，貶宜春太守。後御史羅希奭奉使殺韋堅、盧幼臨、裴敦復、李邕等於貶所，州縣且聞希奭到，無不惶駭。希奭過宜春郡，（李）適之聞其來，仰藥而死。」（卷九十九，頁 3102）

7　《杜工部集·飲中八仙歌》有「銜盃樂聖稱世賢」句（卷一，頁 27）。

8　《杜工部集》題作〈進三大禮賦表〉，表文敘云：「臣生長陛下淳樸之俗，行四十載矣。」（卷十九，頁 808）

9　〈朝獻太清宮賦〉作「冬十有一月，天子既納處士之議」（《杜工部集》，卷十九，頁 809）。

10　〈朝獻太清宮賦〉作「明年孟陬，將攄大禮以相籍，越彝倫而莫儔」（《杜工部集》，卷十九，頁 809）。

11　〈朝享太廟賦〉，見《杜工部集》，卷十九，頁 815。

12　〈朝享太廟賦〉作「甲午，方有事於采壇紺席，宿夫行所如初」（《杜工部集》，卷十九，頁 819）。

13　《舊唐書·玄宗本紀》云：「（天寶）十載春正月……。壬辰（初八），朝獻太清宮。癸巳（初九），朝饗太廟。甲午（初十），有事于南郊，合祭天地。」（卷九，頁 224）此外，《新唐書·玄宗本紀》亦云：「（天寶）十載正月壬辰，朝獻于太清

之下註文皆作十三年，非也。

十載辛卯

有〈杜位宅守歲〉，詩略曰「四十明朝過」，乃是歲也。桉：《新書·列傳》、〈集記〉皆以先生獻〈三大禮賦〉，明皇奇之，召試文章，授河西尉，不拜，改右衛率府冑曹，[17]則或在此載下。[18]而考〈秋述〉，文曰「我，棄物也。四十無位」；又，十三載，進〈封西岳賦〉，〈表〉略曰：「臣本杜陵諸生，年過四十，……嘗困於衣食，蓋長安一疋夫耳。頃歲，國家有事於郊廟，幸得奏賦，待制於集賢，委學官試文章，再降恩澤，……，送隸有司，參列選序。」又，〈贈韋左丞〉詩有曰「主上頃見徵，欻然欲求伸。青冥却垂翅，蹭蹬無縱鱗」，[19]乃知：先生進〈三賦〉後，纔俾參列選序；則罷尉河西，改授冑曹，其在天寶之末載乎！故〈夔府書懷〉詩有曰「昔罷河西尉，初興薊北師」，[20]是也。

宮。癸巳，朝享于太廟。甲午，有事于南郊。」（卷五，頁 147）

14 《新唐書·杜甫傳》說：「天寶十三載，玄宗朝獻太清宮，饗廟及郊，甫奏賦三篇。」（卷二百一，頁 5736）

15 〈杜工部集記〉說：「天寶十三年，獻三賦，召試文章，授河西尉。」（《杜工部集》，頁 1）

16 呂大防《年譜》說：「天寶十三年乙未。是年有〈三大禮賦〉，序：『臣生陛下淳樸之俗，四十年矣。』」

17 《新唐書·杜甫傳》說：「天寶十三載，玄宗朝獻太清宮，饗廟及郊，甫奏賦三篇。帝奇之，使待制集賢院，命宰相試文章，擢河西尉，不拜，改右衛率府冑曹參軍。」（卷二百一，頁 5736）此外，〈杜工部集記〉說：「天寶十三年，獻三賦，召試文章，授河西尉，辭不行，改右衛率府冑曹。」（《杜工部集》，頁 1）

18 指天寶十三載。

19 《杜工部集》詩題作〈奉贈韋左丞丈二十二韻〉（卷一，頁 9）。

20 《杜工部集》詩題作〈夔府書懷四十韻〉（卷十五，頁 651）。

十一載壬辰

〈麗人行〉之謂「丞相」者，[21]楊國忠也。桉《唐史》：是冬，國忠始拜相。[22]當是次歲以後詩。而《舊譜》入此載，[23]非也。

十二載癸巳

有〈投贈哥舒開府翰〉，詩略曰「歸來御席同」，又曰「茆土加名數」。[24]〈送蔡希魯還隴右因寄高書記〉詩，註曰「時哥舒入奏，勒蔡子先歸」，[25]其詩有曰「春城赴上都」。桉《唐史》：十一載，哥舒翰加開府儀同三司；冬，入朝。是載春，進封涼國公。[26]

十三年甲午

冬，進〈封西岳賦〉，賦序曰：上既封太山之後，三十年。[27]桉《唐史》：開元十三年乙丑，歲封太山。[28]至是三十年矣。有〈上韋丞

---

21 〈麗人行〉有「炙手可熱勢絕倫，慎莫近前丞相嗔」之句（《杜工部集》，卷一，頁30）。

22 《舊唐書・玄宗本紀》「天寶十一載」說：「十一月乙卯，尚書左僕射兼右相、晉國公李林甫薨於行在所。庚申，御史大夫兼蜀郡長史楊國忠為右相兼文部尚書。」（卷九，頁226）此外，《新唐書・玄宗本紀》「天寶十一載」亦云：「十一月乙卯，李林甫薨。庚申，楊國忠為右相。」（卷五，頁149）

23 呂大防《年譜》云：「天寶十一年癸巳。……。天寶中詩：〈麗人行〉。」

24 〈投贈哥舒開府翰二十韻〉說：「受命邊沙遠，歸來御席同。軒墀曾寵鶴，吹獵舊非熊。茅土加名數，山河誓始終。」（《杜工部集》，卷九，頁367）

25 〈送蔡希魯都尉還隴右因寄高三十五書記〉詩題下原注說：「時哥舒入奏，勒蔡子先歸。」（《杜工部集》，卷九，頁381-382）

26 《舊唐書・哥舒翰傳》說：「（天寶）十一載，加開府儀同三司。……。其冬，祿山、思順、翰並來朝。……。十二載，進封涼國公。」（卷一百四，頁3213）

27 〈封西岳賦序〉云：「上既封太山之後，三十年間。」（《杜工部集》，卷十九，頁829）

28 《新唐書・玄宗本紀》「開元十三年」說：「十一月庚寅，封于泰山。」（卷五，頁131）

相〉，詩略曰「龍飛四十春」，又曰「霖雨思賢佐」。[29]桉《唐史》：以是歲苦雨潦閡六旬，上謂宰相非其人，罷陳希烈，拜韋見素。[30]時明皇在位四十三年，蓋詩得略舉成數，非若〈進賦〉之可據。而《舊譜》入十一載，皆誤。[31]

十四載乙未

冬十一月，有〈自京赴奉先縣詠懷〉詩。[32]桉《唐史》：是月，安祿山反於范陽。[33]

肅宗至德元載丙申

夏五月，挈家避地鄜州，有〈白水縣高齋〉、[34]〈三川觀漲〉、[35]〈塞蘆子〉詩。即自鄜挺身赴朝廷，遂陷賊中，後在夔州，有詩略曰「往在西京時，胡來滿彤宮」。[36]桉《唐史》：六月，祿山犯長安；七月，

---

29 〈上韋左相二十韻〉詩云「鳳曆軒轅紀，龍飛四十春。……。霖雨思賢佐，丹青憶老臣」（《杜工部集》，卷九，頁 368）。

30 《新唐書·韋見素傳》云：「（天寶）十三載，玄宗苦雨潦閡六旬，謂宰相非其人，罷左相陳希烈，詔楊國忠審擇大臣。……謀於中書舍人竇華、宋昱，皆以見素安雅易制，國忠入白帝，帝亦以相王府屬，有舊恩，遂拜武部尚書、同中書門下平章事、集賢院學士，知門下省事。」（卷一百十八，頁 4267）此外，《舊唐書·玄宗本紀》「天寶十三載」也說：「秋八月丁亥，以久雨，左相、許國公陳希烈為太子太師，罷知政事；文部侍郎韋見素為武部尚書，同中書門下平章事。是秋，霖雨積六十餘日，京城垣屋頹壞殆盡，物價暴貴，人多乏食。」（卷九，頁 229）

31 呂大防《年譜》說：「天寶十一年癸巳。〈上韋左相〉詩云：『鳳曆軒轅紀，龍飛四十春。』」

32 《杜工部集》詩題作〈自京赴奉先縣詠懷五百字〉（卷一，頁 39）。

33 《舊唐書·玄宗本紀》「天寶十四載」云：「（十一月）丙寅，范陽節度使安祿山率蕃、漢之兵十餘萬，自幽州南向詣闕，以誅楊國忠為名。」（卷九，頁 230）

34 《杜工部集》詩題作〈白水縣崔少府十九翁高齋三十韻〉（卷一，頁 42）。

35 《杜工部集》詩題作〈三川觀水漲二十韻〉（卷一，頁 43）。

36 〈往在〉詩有「往在西京時，胡來滿彤宮」之句（《分門集註杜工部詩》，卷十四，

肅宗即帝位於靈武，改元。[37]〈本傳〉謂：先生聞肅宗立，自鄜羸服
欲奔行在，為賊所得。[38]非也。冬，有〈悲陳陶〉、〈悲青坂〉、〈哀王
孫〉諸詩。

二載丁酉

春，猶陷賊中，有〈哀江頭〉、〈大雲寺贊公房〉、〈得舍弟消息〉諸
詩。夏，竄歸行在所，於鳳翔拜左拾遺，有〈述懷〉、〈送長孫侍
御〉、[39]〈送樊侍御〉、[40]〈送從弟亞〉、[41]〈彭衙行〉諸詩。秋，閏八
月奉詔至鄜迎家，有〈九成宮〉、〈徒步得〉、[42]〈玉華宮〉、〈北征〉、
〈羌村〉諸詩。復歸鳳翔，有〈送韋評事〉詩。[43]冬十月，扈從還
京，有〈病後遇王倚飲〉、[44]〈臘日〉諸詩。

乾元元年戊戌。二月，改元，[45]復以載為年[46]

春，在諫省，有〈簡薛華醉歌〉、[47]〈送程錄事〉、[48]〈晦日尋崔戢、

頁 1026）。

37 《新唐書·肅宗本紀》說：「（天寶十五載）七月……。甲子，即皇帝位于靈武，尊
皇帝曰上皇天帝，大赦，改元至德。」（卷六，頁 156）

38 《新唐書·杜甫傳》說：「肅宗立，自鄜州羸服欲奔行在，為賊所得。」（卷二百
一，頁 5737）

39 《杜工部集》詩題作〈送長孫九侍御赴武威判官〉（卷二，頁 83）。

40 《杜工部集》詩題作〈送樊二十三侍御赴漢中判官〉（卷二，頁 84）。

41 《杜詩詳注》詩題作〈送從弟亞赴河西判官〉（卷五，頁 364）。

42 《杜工部集》詩題作〈徒步歸行〉（卷二，頁 59）。

43 《杜工部集》詩題作〈送韋十六評事充同谷郡防禦判官〉（卷二，頁 86）。

44 《杜工部集》詩題作〈病後遇王倚飲贈歌〉（卷二，頁 78）。

45 《新唐書·肅宗本紀》「乾元元年」下說：「二月……。丁未，大赦，改元。」（卷
六，頁 160）

46 《資治通鑑》「乾元元年」下說：「（二月）丁未，上御明鳳門，赦天下，改元。盡
免百姓今載租、庸，復以載為年。」（卷二百二十，頁 7052）

李封〉、〈雨過蘇端〉、〈喜晴〉、〈洗兵馬〉、〈偪仄行〉、〈送李校書〉、[49]
〈留花門〉諸詩。夏六月，出為華州司功，有〈為郭使君進滅殘寇形
勢狀〉、[50]〈試進士策問〉、[51]〈至日遣興，寄兩院遺補〉詩。[52]冬末以
事之東都，有〈瘦馬行〉、〈路逢楊少府入京，戲題呈楊員外〉、[53]〈閿
鄉姜七少府設鱠〉、[54]〈秦少公短歌〉、[55]〈胡城東遇孟雲卿〉、[56]〈李
鄠縣胡馬行〉詩。[57]

二年己亥

春三月，回自東都，有〈新安吏〉、〈石壕吏〉、〈潼關吏〉、〈新昏
別〉、[58]〈垂老別〉、〈無家別〉詩。按《唐史》：是月八日壬申，[59]九
節度之師潰於相州。[60]夏，在華州，有〈夏日歎〉、〈夏夜歎〉詩。秋

---

47 《杜工部集》詩題作〈蘇端、薛復筵簡薛華醉歌〉（卷二，頁 77）。

48 《杜工部集》詩題作〈送率府程錄事還鄉〉（卷二，頁 74）。

49 《杜工部集》詩題作〈送李校書二十六韻〉（卷二，頁 88）。

50 《杜工部集》題作〈為華州郭使君進滅殘寇形勢圖狀〉（卷二十，頁 870）。

51 《杜工部集》題作〈乾元元年華州試進士策問五首〉（卷二十，頁 854）。

52 《杜工部集》詩題作〈至日遣興，奉寄北省舊閣老、兩院故人（一作補遺）二首〉
（卷十，頁 429）。

53 《杜詩詳注》詩題作〈路逢襄陽楊少府入城，戲呈楊四員外綰〉（卷六，頁 499）。

54 《杜工部集》詩題作〈閿鄉姜七少府設鱠戲贈長歌〉（卷二，頁 81）。

55 《杜工部集》詩題作〈戲贈閿鄉秦少公短歌〉（卷二，頁 82）。

56 《杜工部集》詩題作〈湖城東遇孟雲卿，復歸劉顥宅宿宴飲散，因為醉歌〉（卷
二，頁 80）；此外，《杜詩詳注》詩題又作〈冬末以事之東都，湖城東遇孟雲卿，復
歸劉顥宅宿宴飲散，因為醉歌〉（卷六，頁 500）。

57 《杜工部集》詩題作〈李鄠縣丈人胡馬行〉（卷二，頁 82）。

58 《杜工部集》詩題作〈新婚別〉（卷二，頁 64）。

59 「壬申」，為六日，非八日。

60 《舊唐書·肅宗本紀》「乾元二年三月」說：「壬申，相州行營郭子儀等與賊史思明
戰，王師不利，九節度兵潰，子儀斷河陽橋，以餘眾保東京。」（卷十，頁 255）另
外，《新唐書·肅宗本紀》「乾元二年三月」也說：「壬申，九節度之師潰于滏
水。……郭子儀屯于東京。」（卷六，頁 161）

七月，棄官，往居秦州，有〈寄賈至、嚴武〉詩，[61]略曰「舊好腸堪斷，新愁眼欲穿」。其一秋賦詩至多。冬十月，赴同谷縣，有〈紀行十二首〉、[62]〈七歌〉、[63]〈萬丈潭〉詩。「十二月一日，自隴右赴劍南」，又有〈紀行十二首〉，[64]首篇曰「一歲四行役」，[65]是也。又，〈成都府〉詩曰「季冬樹木蒼」，乃以是月至劍南。而元祐間，胡資政守蜀作〈草堂詩碑引〉云「先生至成都之年月不可考」，[66]蓋未詳也。

上元元年庚子

是歲春，卜居成都浣花溪上，賦詩至多，後在東川〈寄題江外草堂〉詩略曰「經營上元始，斷手寶應年」。桉《唐史》：十一月，楊州長史劉展反，陷昇、潤等州。[67]

二年辛丑

有〈百憂集〉詩，[68]時年五十；有〈喜雨〉詩，註曰「時聞浙右多盜賊」；[69]〈戲作花卿歌〉。桉《唐史》：夏四月，劍南東川兵馬使段子璋

---

61 《杜工部集》詩題作〈寄岳州賈司馬六丈、巴州嚴八使君兩閣老五十韻〉（卷十，頁 452）。

62 〈發秦州〉詩題下有「乾元二年，自秦州赴同谷縣，紀行十二首」諸字（《杜工部詩》，卷三，頁 116）。

63 《杜工部集》詩題作〈乾元中寓居同谷縣作歌七首〉（卷三，頁 122）。

64 〈發同谷縣〉詩題下有「乾元二年十二月一日，自隴右赴劍南紀行」諸字（《杜工部詩》，卷三，頁 125）。

65 〈發同谷縣〉有「奈何迫物累，一歲四行役」之句（《杜工部詩》，卷三，頁 125）。

66 胡宗愈作〈成都草堂詩碑序〉，見《草堂詩箋》（臺北：廣文書局，1971 年），序，頁 17。

67 《新唐書·肅宗本紀》「上元元年」下云：「十一月甲午，楊州長史劉展反，陷潤州。丙申，陷昇州。」（卷六，頁 163）據此，當作「楊州」。

68 《杜工部集》詩題作〈百憂集行〉（卷四，頁 147）。

69 〈喜雨〉詩尾有「時聞浙右多盜賊」諸字（《杜工部集》，卷四，頁 145）。

反，陷緜州。五月，劍南節度使崔光遠克東川，子璋伏誅。[70]秋九月，大赦，以十一月為歲首，去年號，稱元年，月以斗所建辰為名。[71]〈草堂即事〉略曰「荒村建子月」，乃是歲詩也。

寶應元年壬寅

春建卯月，有〈說旱〉文，註曰「初，中丞嚴公節制劍南日，奉此說」；[72]又有〈遭田父泥飲美新尹嚴中丞〉詩。[73]夏，有〈戲贈友二首〉，皆曰「元年建巳月」。桉《唐史》：四月，大赦，改元，復以正月為歲首。[74]是月，肅宗崩，代宗即位。五月，有〈嚴公枉駕草堂〉詩。[75]秋，送嚴侍郎至緜州，[76]其詩略曰「鼎湖瞻望遠，象闕憲章新」。[77]尋避成都之亂，入梓州，有〈九日奉寄嚴大夫〉詩，及嚴武〈巴嶺答杜二見憶〉作。後歸成都，〈草堂〉詩略曰「大將赴朝廷，群小起異圖」。而《唐史》於此年書：七月，劍南西川兵馬使徐知道反。[78]又別書：是年六月，以兵部侍郎嚴武為西川節度使，而知道拒

70 《新唐書・肅宗本紀》「上元二年」下云：「四月，⋯⋯，壬午，劍南東川節度兵馬使段子璋反，陷緜州，遂州刺史嗣號王巨死之，節度使李奐奔于成都。五月，⋯⋯，劍南節度使崔光遠克東川，段子璋伏誅。」（卷六，頁164）

71 《新唐書・肅宗本紀》「上元二年」下云：「九月壬寅，大赦，⋯⋯，去『上元』號，稱元年，以十一月為歲月，月以斗所建辰為名。」（卷六，頁164）

72 〈說旱〉一文，題下原注「初，中丞嚴公節制劍南日，奉此說」（《杜工部集》，卷十九，頁847）。

73 《杜工部集》詩題作〈遭田父泥飲美嚴中丞〉（卷五，頁183）。

74 《新唐書・肅宗本紀》「元年」下云：「建巳月⋯⋯。大赦，改元年為寶應元年，復以正月為歲首，建巳月為四月。」（卷六，頁165）

75 《杜工部集》詩題作〈嚴公仲夏枉駕草堂兼攜酒饌得寒字〉（卷十二，頁518）。

76 《杜工部集》有〈送嚴侍郎到緜州同登杜使君江樓得心字〉詩（卷十二，頁519）。

77 〈奉送嚴公入朝十韻〉有「鼎湖瞻望遠，象闕憲章新」兩語（《杜詩詳注》，卷十一，頁911）。

78 《新唐書・代宗本紀》「寶應元年」說：「七月⋯⋯。癸巳，劍南西川兵馬使徐知道

武，不得進。[79]今以先生詩文參考之，是歲為夏，武皆守蜀，殆赴朝
廷之後，蜀中始亂。然〈八哀詩〉謂：嚴公「三掌華陽兵」；[80]又，
〈諸將五詩〉一謂武守蜀者，亦曰「主恩前後三持節」；[81]《通鑑》亦
書：武三鎮劍南。[82]必嘗有是命，第未詳何年？冬，游射洪、通泉二
縣，有〈至金華山觀〉、〈盡陪王侍御登東山〉十古詩，[83]其詩有曰
「南京亂初定」，[84]及以次年〈春日戲郝使君〉詩可考。[85]此行在是
歲，蓋居梓州，止涉一春也。

代宗廣德元年癸卯

是歲，召補京兆功曹，不赴，時嚴武尹京，有春日〈寄馬巴州〉詩，
注曰：「時除京兆功曹，在東川。」[86]而〈本傳〉與〈集記〉作「上元

反。」（卷六，頁 167）

79 《資治通鑑》「寶應元年」說：「六月，……。壬戌，以兵部侍郎嚴武為西川節度
使。……。七月……。癸巳，劍南兵馬使徐知道反，以兵守要害，拒嚴武，武不得
進。」（卷二百二十二，頁 7128-7130）

80 〈八哀詩〉中之〈贈左僕射鄭國公嚴公武〉詩云「四登會府地，三掌華陽兵」（《杜
工部集》，卷七，頁 280-281）。

81 〈諸將五首〉其五詩有「主恩前後三持節，軍令分明數舉盃」兩句（《杜工部集》，
卷十五，頁 683）。

82 《資治通鑑》「永泰元年四月」下說：「（嚴）武三鎮劍南，厚賦斂以窮奢侈。」（卷
二百二十三，頁 7174-7175）

83 「十古詩」當指：〈冬到金華山觀，因得故拾遺陳公學堂遺迹〉、〈陳拾遺故宅〉、
〈謁文公上方〉、〈奉贈射洪李四丈〉、〈早發射洪縣南途中作〉、〈通泉驛南去通泉縣
十五里山水作〉、〈過郭代公故宅〉、〈觀薛稷少保書畫壁〉、〈通泉縣署屋壁後薛少保
畫鶴〉、〈陪王侍御同登東山最高頂，宴姚通泉，晚攜酒泛江〉諸詩。

84 〈奉贈射洪李四丈〉有「南京亂初定」之句（《杜工部集》，卷五，頁 172）。

85 《杜工部集》詩題作〈春日戲題惱郝使君兄〉（卷五，頁 176）。

86 〈奉寄別馬巴州〉詩題下有「時甫除京兆功曹，在東川」之語（《杜工部集》，卷十
三，頁 553）。

年間」；[87]《舊譜》作「永泰年」，[88]皆誤。春、夏，在梓州，賦詩頗
多。亦嘗暫游左綿，[89]有：題涪城縣香積寺，[90]縣在梓、綿中塗；綿州
巴西驛亭、[91]〈城上〉詩，皆春晚作也。秋九月，至閬州，有：〈祭故
相國房公文〉；[92]〈東樓筵十一舅往青城〉、[93]〈發閬中〉諸詩。冬，
回梓州，有〈冬狩行〉、〈別章使君柳字韻〉諸詩。[94]遂挈家再入閬
州。桉《唐史》：十月，吐蕃陷京師，代宗幸陝。十二月，至自陝。[95]

87　《新唐書・杜甫傳》云：「流落劍南，結廬成都西郭。召補京兆功曹參軍，不至。」
　　（卷二百一，頁 5737）杜甫「結廬成都西郭」始於上元元年，〈寄題江外草堂〉即
　　有「經營上元始」之句。此外，王洙〈杜工部集記〉則說：「遂入蜀，卜居成都浣
　　花里，復適東川。久之，召補京兆府功曹，以道阻不赴，欲如荊楚。上元二年，聞
　　嚴武鎮成都，自閬州挈家往依焉。」（《杜工部集》，頁 2）那麼，上述文獻當即蔡興
　　宗所謂的「上元年間」。
88　呂大防《年譜》說：「永泰元年丙午。嚴武平蜀亂，甫遊東川，除京兆功曹，不
　　赴。」
89　「左綿」，指綿州，這是因為綿州有綿水經其左，所以綿州又謂之「左綿」，《方輿
　　勝覽》（北京：中華書局，2003 年）「成都府路」「綿州」下說：「左綿，以綿水經其
　　左，故謂之左綿。左太冲〈蜀都賦〉：『於東則有左綿、巴中。』」（卷五十四，頁
　　970）
90　《杜工部集》有〈涪城縣香積寺官閣〉詩（卷十二，頁 535）。
91　《杜工部集》詩題作〈巴西驛亭觀江漲呈竇使君〉（卷十二，頁 520）。
92　《杜工部集》題作〈祭故相國清河房公文〉（卷二十，頁 864）。
93　《杜工部集》詩題作〈閬州東樓筵奉送十一舅往青城縣得昏字〉（卷四，頁 156）。
94　《杜工部集》詩題作〈將適吳楚留別章使君留後兼幕府諸公得柳字〉（卷四，頁
　　157）。
95　《舊唐書・代宗本紀》「廣德元年」云：「冬十月……。辛未，高暉引吐蕃犯京
　　畿，……。丙子，駕幸陝州。……。戊寅，吐蕃入京師。……。辛巳，車駕至陝
　　州。……。十二月，……。甲午，上至自陝州。」（卷十一，頁 273-274）又，《新
　　唐書・代宗本紀》「廣德元年」亦云：「十月庚午，吐蕃陷邠州。辛未，寇奉天、
　　武功，京師戒嚴。……。丙子，如陝州。……。戊寅，吐蕃陷京師。……。辛
　　巳，次陝州。……。十二月，……。甲午，至自陝州。」（卷六，頁 169）

二年甲辰

春，居閬中，有〈傷春五首〉，別本註曰「巴閬僻遠，傷春罷，始知春前已收宮闕」。《集》中乃編作夔州詩。[96] 又有〈收京三首〉，而編作鳳翔行在詩，[97] 尤為差誤。桉《唐史》：正月，合劍南東、西川為一道，以黃門侍郎嚴武為節度使。[98] 有〈奉待嚴大夫〉，詩略曰「不知旌節隔年回」，是也。春晚，自閬攜家歸蜀，再依嚴鄭公，奏為節度參謀，有〈先寄嚴鄭公五詩〉，[99] 及〈草堂〉、〈四松〉、〈水檻〉、〈營屋〉、〈揚旗〉諸詩。略曰「別來忽三歲」，[100] 以游梓、閬跨「三年」也，及他詩言「三年」者非一。而〈集記〉乃書「入蜀，復適東川。上元二年，聞嚴武鎮成都，自閬挈家往依焉」，[101] 其《舊譜》又多因之。[102]

永泰元年乙巳

春，在嚴公幕府，有〈正月三日歸溪上〉及〈春日江村〉、[103]〈憶昔〉諸詩，時授檢校工部員外郎，賜緋，見之〈春日江村〉詩中。夏，以嚴公卒，遂發成都，泛舟順流，經嘉、戎、渝、忠諸郡，皆有

---

96 「《集》」，當指《杜工部集》（卷十四，頁 590）。

97 《杜工部集》，卷十，頁 401。

98 《資治通鑑》「廣德二年」下說：「（春正月）癸卯，合劍南東、西兩川為一道，以黃門侍郎嚴武為節度使。」（卷二百二十三，頁 7159）

99 《杜工部集》詩題作〈將赴成都草堂途中有作先寄嚴鄭公五首〉（卷十三，頁 560）。

100 〈四松〉有「別來忽三歲，離立如人長」之句（《杜工部集》，卷五，頁 197）。

101 〈杜工部集記〉說：「遂入蜀，卜居成都浣花里，復適東川。久之，召補京兆府功曹，以道阻不赴，欲如荊楚。上元二年，聞嚴武鎮成都，自閬州挈家往依焉。」（《杜工部集》，頁 2）

102 呂大防《年譜》說：「上元二年壬寅。是年，嚴武鎮成都，甫往依焉。」

103 《杜工部集》詩題作〈正月三日歸溪上有作簡院內諸公〉、〈春日江村五首〉（卷十三，頁 575；576）。

詩。青溪驛，隸嘉州犍為縣。秋末，留寓夔州雲安縣，有〈九日〉及
〈十二月一日〉諸詩。[104]桉《唐史》：四月，嚴武卒。冬，蜀中大
亂。[105]而〈集記〉謂先生避地梓州。亂定，歸成都，無所依，乃泛江
游嘉、戎。[106]又編梓州秋、冬數詩於再至成都詩後，非也。《舊譜》
尤誤。

大曆元年丙午

春，在雲安，有〈杜鵑〉、〈客堂〉諸詩。春晚，移居夔州，有詩最
多，合次年所賦古、律詩，幾盈五卷。

二年丁未

終歲居夔州。春，自白帝城遷寓瀼西。先有〈瀼西寒望〉，詩略曰
「瞿唐春欲至，定卜瀼西居」。又，〈暮春題瀼西草屋〉詩略曰「久嗟
三峽客，再與暮春期」，[107]乃是歲也。

三年戊申

春，發白帝，下峽，泊舟江陵。秋晚，遷寓公安縣數月。歲暮，發公
安，至岳州，有：〈發劉郎浦，在公安之下石首縣〉、〈歲晏行〉、〈泊岳
陽城下〉諸詩。

---

104 《杜工部集》詩題作〈雲安九日鄭十八攜酒陪諸公宴〉、〈十二月一日三首〉（卷十
四，頁 599；595）。

105 《舊唐書·代宗本紀》「永泰元年」說：「四月……嚴武卒。……。閏十月……，
蜀中亂。」（卷十一，頁 279-281）

106 〈杜工部集記〉說：「永泰元年夏，武卒，郭英乂代武。崔旰殺英乂，楊子琳、柏
正節舉兵攻旰，蜀中大亂，甫逃至梓州。亂定，歸成都，無所依，乃泛江，遊
嘉、戎，次雲安，移居夔州。」（《杜工部集》，頁 2）

107 《杜工部集》詩題作〈暮春題瀼西新賃草屋五首〉（卷十四，頁 610）。

四年己酉

春初，發岳陽，泛洞庭，至潭州，遂留終歲，有：春日〈岳麓山道林二寺行〉、夏日〈江閣臥病〉、[108]〈暮秋枉裴道州手札〉、[109]〈對雪〉諸詩。

五年庚戌

春正月，有〈追和故高蜀州人日見寄〉詩。[110]尋發長沙，入衡陽，有〈上水遣懷〉，并二月紀行諸詩。至衡，有〈酬郭受〉詩，[111]而受詩有云「春興不知凡幾首，衡陽紙價頓能高」。[112]三月，復在長沙，有〈清明〉詩，以《唐史》氣朔考之，是歲三月三日清明，故卒章曰「況乃今朝更被除」。[113]桉《唐史》：夏，四月八日庚子，湖南兵馬使臧玠殺其觀察使崔瓘。[114]先生避亂，竄還衡州，有〈衡山縣學堂〉、[115]〈入衡州〉、〈舟中苦熱遣懷〉諸詩，[116]其詩曰「遠歸兒侍側」；又曰

---

108 《杜工部集》詩題作〈江閣臥病走筆寄呈崔、盧兩侍御〉（卷十八，頁787）。

109 《杜工部集》詩題作〈暮秋枉裴道州手札，率爾遣興寄近呈蘇渙侍御〉（卷八，頁325）。

110 《杜工部集》詩題作〈追酬故高蜀州人日見寄并序〉（卷八，頁331）。

111 《杜工部集》詩題作〈酬郭十五判官〉（卷十八，頁806）；《杜詩詳注》詩題作〈酬郭十五判官受〉（卷二十二，頁1982）。

112 郭受〈杜員外兄垂示詩因作此寄上〉詩句，見《杜工部集》，卷十八，頁805。

113 〈清明〉有「逢迎少壯非吾道，況乃今朝更被除」之句（《杜工部集》，卷八，頁352）。

114 《新唐書·代宗本紀》「大曆五年」下說：「四月庚子，湖南兵馬使臧玠殺其團練使崔瓘。」（卷六，頁175）此外，《資治通鑑》「大曆五年」下亦云：「夏，四月，庚子，湖南兵馬使臧玠殺觀察使崔瓘。」（卷二百二十四，頁7214）

115 《杜工部集》詩題作〈題衡山縣文宣王廟新學堂呈陸宰〉（卷八，頁347）。

116 《杜工部集》詩題作〈舟中苦熱遣懷，奉呈陽中丞，通簡臺省諸公〉（卷八，頁354）。

「久客幸脫免」；[117]又曰「中夜混黎甿，脫身亦奔竄」；[118]乃知嘗寓家衡陽，獨至長沙，遂罹此變。〈本傳〉謂先生數遭「寇亂，挺節無所污」，[119]是也。尋於江上阻暴水，半旬不食。耒陽聶令具舟，致酒肉迎歸，一夕而卒。《舊譜》乃書「還襄漢，卒於岳陽」，[120]尤誤。後餘四十年，其孫嗣業，始克歸葬於偃師，元和八年癸巳歲也。[121]聞今耒陽縣南猶有先生墳及祠屋在焉，議者謂元微之先為〈墓係〉，而卒不能歸葬也。

---

117 〈入衡州〉詩有「遠歸兒侍側，猶乳女在旁。久客幸脫免，暮年慚激昂」(《杜工部集》，卷八，頁 350)。

118 〈舟中苦熱遣懷，奉呈陽中丞，通簡臺省諸公〉詩句，見《杜工部集》，卷八，頁354。

119 《新唐書‧杜甫傳》說：「數嘗寇亂，挺節無所汙。」(卷二百一，頁 5738)

120 呂大防《年譜》說：「大曆五年辛亥。……是年夏，甫還襄漢，卒於岳陽。」

121 〈唐故檢校工部員外郎杜君墓係銘〉有「適遇子美之孫嗣業，啟子美之柩，襄祔事於偃師，……，去子美歿後餘四十年，……。維元和之癸巳」諸語(《杜工部集》，卷二十，頁 893-894)。

魯訔《杜工部詩年譜》

魯訔傳略

　　魯訔（紹興五年進士），字季欽，嘉興人，嘗編注子美詩暨其年譜，《分門集註杜工部詩》「集註杜工部詩姓氏」下曾云：「嘉興魯氏訔編注子美詩一十八卷。」[1]此外，《四庫全書・提要》亦曾云：「《杜工部詩年譜》一卷，宋・魯訔撰。訔字季欽，嘉興人。……。訔曾注杜詩，今存者惟此《譜》。」[2]其撰作之〈編次杜工部詩序〉（《草堂詩箋》題作此；《文淵四庫全書》題作〈杜工部詩年譜原序〉）成於宋高宗紹興二十三年癸酉（1153）。[3]

　　魯訔撰作「杜工部詩年譜」（或稱「杜工部草堂詩年譜」），目前可得而見有四個版本：一、《分門集註杜工部詩》；[4]二、《文淵閣四庫全書》；[5]三、《文津閣四庫全書》；[6]四、《古逸叢書》。[7]本編校注以《分門集註杜工部詩》（《四部叢刊》影宋本，簡稱分門集註本）所附「年譜」為底本，並參校《文淵閣四庫全書》影印本（簡稱文淵閣本）、《文津閣四庫全書》影印本（簡稱文津閣本）所附「杜工部詩年譜」、《古逸叢書》（藝文印書館影印清德宗光緒黎庶昌校刊之《古逸叢書》，簡稱古逸叢書本）本所附「杜工部草堂詩年譜」。

1　《分門集註杜工部詩》，頁 45。
2　《文淵閣四庫全書》，第 446 冊，頁 259。
3　《草堂詩箋》（臺北：廣文書局，1971 年），頁 20。
4　《分門集註杜工部詩》，頁 79-113。
5　《文淵閣四庫全書》，第 446 冊，頁 261-272。
6　《文津閣四庫全書》，第 445 冊，頁 11-21。
7　《杜工部草堂詩箋》，見《古逸叢書》，頁 36-52。

　　值得注意的是，文淵閣與文津閣本之魯《譜》有擅改文字跡象。
魯《譜》「大曆五年」下，文淵閣與文津閣本援引呂《譜》原文作
「大歷五年庚戌」（頁272；21）；分門集註與古逸叢書本援引呂
《譜》原文作「大曆（或麻）五年辛亥」（頁113；52）。然而，文淵
閣與文津閣本魯《譜》中之文字敘述，卻與魯訔對呂《譜》的理解相
左，譬如，魯《譜》在「睿宗先天元年壬子」下即嘗言：「呂汲公攷
公生『先天元年癸丑』，……。《唐書・宰相表》及紀年通譜『先天元
年壬子』。而《譜》以為『癸丑』。《集・祭房公》：廣德元年，歲次癸
卯。而《譜》以為甲辰。皆差一年。」亦即：魯訔原本即已考證出呂
《譜》干支紀年有誤，諸如所舉證之「先天元年」非「癸丑」，當為
「壬子」；「廣德元年」非「甲辰」，當為「癸卯」。然而，面對魯
《譜》援引呂《譜》「大曆五年」之干支紀年時，文淵閣、文津閣兩
本與分門集註、古逸叢書兩本即顯示差異，文淵閣、文津閣兩本作
「呂汲公《年譜》云『大歷五年庚戌』」；分門集註、古逸叢書兩本作
「呂汲公《年譜》云『大曆（或麻）五年辛亥』」，「大曆五年」本
「庚戌」，而非「辛亥」，而呂《譜》之干支紀年本即皆誤，今分門集
註與古逸叢書兩本作「辛亥」，當較接近魯《譜》原貌，而文淵閣與
文津閣兩本作「庚戌」，則有擅改之迹象。由於文淵閣與文津閣兩本
魯《譜》中之文字敘述，明顯違異於魯訔對呂《譜》干支紀年的理
解，因此，文淵閣與文津閣本對魯《譜》文字恐有私改之嫌。

〔杜工部詩年譜原序〕[1]

騷人雅士，同知祖尚少陵，同欲模楷聲韻，同苦其意律深嚴難讀也。余謂：少陵老人初不事艱澀索隱以病人，[2]其平易處，有賤夫老婦所可道者。至其深純宏遠，[3]千古不可追跡。其序事穩實，[4]立意渾大，遇物為難狀之景，[5]紓情出不說之意，借古的確，感時深遠，若江海浩漾，漾，以沼切，大水兒，[6]風雲蕩汨，蛟龍黿鼉出沒其間而變化莫測；風澄雲霽，象緯回薄，錯峙偉麗，細大無不可觀。離而序之，次其先後，時危平，俗媺惡，山川夷險，風物明晦，公之所寓舒局，皆可槩見，如陪公杖屨而遊四方，[7]數百年間，猶有面語，[8]何患於難讀耶！名公鉅儒，[9]譜敘注釋，是不一家，用意率過，異說如蝟。[10]余因舊集略加編次，古詩近體，一其後先，[11]摘諸家之善，有考於當時

---

1 「杜工部詩年譜原序」，文淵閣本作此諸字（頁 260）；《草堂詩箋》作「編次杜工部詩序」（頁 19），今序名姑依文淵閣本。此〈序〉以《草堂詩箋》所附為底本，參校文淵閣本所附之原序。

2 「索」，文淵閣本作「左」（頁 260）；《草堂詩箋》作「索」（頁 19）。

3 「遠」，文淵閣本作「妙」（頁 260）；《草堂詩箋》作「遠」（頁 19）。

4 「其」，文淵閣本作「則」（頁 260）；《草堂詩箋》作「其」（頁 19）。

5 「為」，文淵閣本作「寫」（頁 260）；《草堂詩箋》作「為」（頁 19）。

6 「兒」，文淵閣本作「貌」（頁 260）；《草堂詩箋》作「兒」（頁 19）。

7 「遊」，文淵閣本作「游」（頁 260）；《草堂詩箋》作「遊」（頁 19）。

8 「有」，文淵閣本作「對」（頁 260）；《草堂詩箋》作「有」（頁 19）。

9 「鉅」，文淵閣本作「巨」（頁 260）；《草堂詩箋》作「鉅」（頁 20）。

10 「蝟」，文淵閣本作「蝟」（頁 260）；《草堂詩箋》作「蝸」（頁 20）。

11 「後先」，文淵閣本作「先後」（頁 260）；《草堂詩箋》作「後先」（頁 20）。

事實及地理、歲月，與古語之的然者，耶注其下。若其意律，乃詩之
六經，神會意得，隨人所到，不敢易而言之。敘次既倫，讀之者如親
罹艱棘虎狼之慘，為可驚愕；目見當時甿庶，被削刻、轉塗炭，為可
憫。因感公之流徙，始而適，中而瘁，卒至為少年輩侮忽以訖死，為
可傷也。紹興癸酉五月晦日，丹丘冷齋魯訔序〕[12]

〔杜工部詩年譜〕[13]

嘉興魯訔撰[14]

睿宗先天元年壬子。 正月，改太極。五月，改為延和。明皇以是年八月改元[15]
桉公〈志〉及〈傳〉皆云：[16]年五十九。[17]卒於大曆五年辛亥。[18]《詩
史》云：開元元年癸丑公生。公上〈大禮賦〉，[19]云「臣生陛下淳樸之
俗，行四十載」。[20]公天寶十載奏賦，年三十有九，逆籌公今年生。[21]

---

13 「杜工部詩年譜」，文淵閣與文津閣本皆有此諸字（頁 261；11）；古逸叢書本作
「杜工部草堂詩年譜（下）」（頁 36）；分門集註本則無（頁 79）。今據文淵閣與文
津閣本補。

14 「嘉興魯訔撰」，古逸叢書本作「嘉興魯訔譔」（頁 36）；文淵閣與文津閣本則作
「宋・魯訔撰」（頁 261；11）。

15 《舊唐書・睿宗本紀》「景雲三年」下說：「正月……，改元為太極。……。五
月……。改元為延和。……。八月……，改元為先天。」（卷七，頁 158-160）

16 「桉」，文淵閣、文津閣與古逸叢書作皆作「按」（頁 261；11；36）。

17 詳參本編呂大防《年譜》「先天元年」下注語。

18 「辛亥」，分門集註本作此（頁 79）；文淵閣、文津閣與古逸叢書本皆作「庚戌」
（頁 261；11；36）。「大曆五年」的干支紀年為「庚戌」，非「辛亥」。然若干魯
《譜》「大曆五年」卻作「庚戌」，前後違異若此。筆者疑「桉公〈志〉及〈傳〉皆
云：年五十九。卒於大曆五年辛亥」乃魯訔轉抄呂大防《年譜》「先天元年」下之
語，故分門集註本作「辛亥」實保留原貌，其後諸本以為魯訔之誤，而更改「辛
亥」為「庚戌」。若是，今仍當保留原貌。「曆」，文淵閣與文津閣本皆作「歷」（頁
261；11）；古逸叢書本作「厤」（頁 36）。

19 「大禮賦」，文淵閣、文津閣與古逸叢書本皆作「三大禮賦」（頁 261；11；36）。

20 「臣」，文淵閣、文津閣與古逸叢書本皆無此字（頁 261；11；36）。「淳」，古逸叢
書本作「湻」（頁 36）。《杜工部集》題作〈進三大禮賦表〉，並云：「臣生長陛下淳
樸之俗，行四十載矣。」（卷十九，頁 808）

21 「籌」，分門集註本作「節」（頁 79）；古逸叢書本作「第」（頁 36）；文淵閣與文津
閣本皆作「筭」（頁 261；11）。「今年」，文淵閣與文津閣本皆作「是年」（頁 261；

呂汲公攷公生「先天元年癸丑」，[22]天寶十三載奏賦。[23]若十三載，公
當四十三歲矣。《唐書・宰相表》及紀年通譜「先天元年壬子」。[24]而
《譜》以為「癸丑」。《集・祭房公》：廣德元年，歲次癸卯。[25]而
《譜》以為「甲辰」。[26]皆差一年。〔汲公呂大防始作《詩年譜》〕[27]

開元元年癸丑

三年乙卯

公郾城〈觀公孫弟子舞劍行〉云：[28]開元三年，余尚童穉，[29]於郾城
觀公孫舞劍器。《年譜》以為：三年丙辰。桉：公是年纔四歲，年必
有誤。[30]公〈進鵰賦表〉云：「臣素賴先人緒業，自七歲所綴詩筆，向
四十載矣，約千有餘篇。」[31]則能憶四歲時事，不為誤也。

11）。

22 「癸丑」，文淵閣與文津閣本皆作「壬子」（頁261；11）；呂《譜》實作「癸丑」。

23 呂大防《年譜》說：「睿宗先天元年癸丑。甫生於是年。……。天寶十三年乙未。
　　是年有〈三大禮賦〉。……。時年四十三。」

24 《新唐書・宰相表》說：「先天元年壬子。」（卷六十一，頁1680）此外，又如〈大
　　唐故中大夫上柱國前行萊州昌陽縣令常府君（下殘）〉即有「先天元年歲次壬子」
　　諸字；〈大唐故左威衛錄事參軍事孟府君妻劉氏誌銘并序〉亦有「先天元年歲次壬
　　子」諸字，兩文皆見《唐代墓誌彙編續集》（上海：上海世紀出版股份有限公司、
　　上海古籍出版社，2007年），頁451；452。

25 〈祭故相國清河房公文〉云：「維唐廣德元年，歲次癸卯。」（《杜工部集》，卷二
　　十，頁864）

26 呂大防《年譜》說：「代宗廣德元年甲辰。是年，有〈祭房相國〉文。」

27 「汲公呂大防始作《詩年譜》」，文淵閣、文津閣與古逸叢書本皆有此諸字（頁
　　261；11；36）。

28 「劒」，文淵閣與文津閣本皆作「劍」（頁261；11）。

29 「穉」，文淵閣、文津閣與古逸叢書本皆作「稚」（頁261；11；37）。

30 呂大防《年譜》說：「開元三年丙辰。……。按：甫是年纔四歲，年必有誤。」

31 〈進鵰賦表〉作「臣幸賴先臣緒業，自七歲所綴詩筆，向四十載矣，約千有餘篇」

十四年丙寅

公初遊選場，[32]〈壯遊〉曰：「往昔十四五，出遊翰墨場。斯文崔魏徒，以我似班揚。」[33]

二十三年乙亥。公年二十四

公作〈開元皇帝皇甫淑妃豐碑〉曰「歲次乙亥十月癸未朔，薨」；又曰「野老何知，斯文見託⋯⋯不論官閥，游夏入文學之科」，[34]意公尚白衣。天寶十載，始上〈三大禮賦〉，起家授河西尉。或以為：是年未應，稱「野老」，當是天寶十載辛卯。銘曰「列樹拱矣，豐碑闕然」，[35]乃知後來方立碑也，但未能攷其定於何年。[36]

二十五年丁丑

《史》云：公少不自振，客遊吳、越、齊、趙。[37]故〈壯遊〉曰「東下姑蘇臺，已具浮海航。到今有遺恨，不得窮扶桑。⋯⋯。歸帆拂天姥，中歲貢舊鄉。⋯⋯。忤下考功第，拜辭京尹堂。放蕩齊趙間，裘馬頗清狂。春登吹臺上，冬獵青丘旁」；[38]「遊梁」亦曰「昔我遊宋

（《杜工部集》，卷十九，頁 835）。

32 「遊」，文淵閣與文津閣本皆作「游」（頁 262；11）。

33 「揚」，古逸叢書本作「楊」（頁 37），古逸叢書本當誤。

34 「託」，文淵閣本作「托」（頁 262）。「游」，古逸叢書本作「遊」（頁 37）。〈唐故德儀贈淑妃皇甫氏神道碑〉云「以開元二十三年歲次乙亥十月癸未朔，薨于東京某宮院。⋯⋯。而野老何知，斯文見託，⋯⋯。不論官閥，游夏入文學之科」（《杜工部集》，卷二十，頁 877；879）。

35 〈唐故德儀贈淑妃皇甫氏神道碑〉作「列樹拱矣，豐碑缺然」（《杜工部集》，卷二十，頁 880）。

36 「攷」，文淵閣與文津閣本皆作「考」（頁 262；11）。

37 《新唐書‧杜甫傳》：「甫字子美，少貧不自振，客吳越、齊趙間。」（卷二百一，頁 5736）

38 「違」，文淵閣與文津閣本皆作「遺」（頁 262；11）。「丘」，文津閣本作「邱」（頁

中，惟梁孝王都。……。憶與高、李輩，論文入酒壚。……。氣酣登吹臺，懷古視平蕪」；[39]〈昔遊〉「昔與高、李輩，晚登單父臺」；〈山腳〉曰「昔我遊山東，憶戲東岳陽。窮秋立日觀，矯首望八荒」。[40]公居城南，嘗預京兆薦貢，而考功下之。唐初，考功試進士；開元二十六年戊寅春，以考功郎輕，徙禮部，以春官侍郎主之。公之適齊、趙，當在此歲以前。

二十九年辛巳
公有醑遠祖晉鎮南將軍于洛之首陽，醑文：「十三葉孫甫」、「開元二十九年歲次辛巳」。[41]

天寶元年戊午。[42]公年三十一
〈南曹小司寇於我太夫人堂下壘土為山〉之作，系云「天寶初」。[43]

12）。「旁」，文淵閣與文津閣本皆作「傍」（頁 262；12）。此外，「到今有遺恨」、「春登吹臺上」，〈壯遊〉作「到今有遺恨」、「春歌叢臺上」（《杜工部集》，卷六，頁 238）。

39　「遊」，文淵閣與文津閣本皆作「游」（頁 262；12）。此外，「論文入酒壚」，〈遣懷〉作「論交入酒壚」（《杜工部集》，卷七，頁 307）。

40　「岳」，文淵閣、文津閣與古逸叢書本皆作「嶽」（頁 262；12；38）。〈又上後園山腳〉作「憶戲東嶽陽」（《杜工部集》，卷六，頁 243）。

41　〈祭遠祖當陽君文〉作「維開元二十九年歲次辛巳月日，十三葉孫甫」（《杜工部集》，頁 900）。

42　「戊午」，文淵閣、文津閣與古逸叢書本皆作「壬午」（頁 262；12；38）。「天寶元年」的干支紀年為「壬午」，非「戊午」。

43　《杜工部集》詩題作〈天寶初，南曹小司寇舅於我太夫人堂下壘土為山，一匱盈尺，以代彼朽木，承諸焚香瓷甌，甌甚安矣。旁植慈竹，蓋茲數峯，嶔岑嬋娟，宛有塵外數致。乃不知興之所至，而作是詩〉（卷九，頁 375）。

六載丁亥

公應詔退下。元結〈諭友〉曰：天寶六載，詔天下有一藝，詣轂下。
李林甫相國命尚書省皆下之。遂賀野無遺賢于庭。[44]公〈上韋左相〉
曰「主上頃見徵，倏然欲求伸。青冥却垂翅，蹭蹬無縱鱗」。[45]〈上鮮
于京兆〉曰「獻納紆皇眷，中間謁紫宸。……。破膽遭前政，陰謀獨
秉鈞」，[46]正謂此邪。[47]

九載庚寅。〈紀〉：十一月，封華岳[48]

十載辛卯。公年四十

公奏〈三大禮賦〉。元稹〈誌〉曰：賦奏，命宰相試文，授右衛率府
冑曹。[49]《史》云：[50]公奏賦，帝奇之，命待制集賢院，召試文，[51]授
河西尉，不拜，改右衛率府冑曹。[52]公〈官定後戲贈〉曰「不作河西

---

44 「于」，文淵閣與文津閣本皆作「於」（頁 263；12）。

45 「然」，文淵閣與文津閣本皆作「來」（頁 263；12）。《杜工部集》詩題作〈奉贈韋
左丞丈二十二韻〉（卷一，頁9）。

46 《杜工部集》詩題作〈奉贈鮮于京兆二十韻〉（卷九，頁 371）。

47 「謂」，文淵閣與文津閣本皆作「為」（頁 263；12）。

48 「岳」，文淵閣、文津閣與古逸叢書諸本皆作「嶽」（頁 263；12；38）。《新唐書·
玄宗本紀》「天寶九載」下說：「正月己亥，至自華清宮。丁巳，詔以十一月封華
嶽。」（卷五，頁 147）

49 〈唐故檢校工部員外郎杜君墓係銘〉作「天寶中，獻〈三大禮賦〉，明皇奇之，命
宰相試文，文善，授右衛率府冑曹」（《杜工部集》，卷二十，頁 893）。

50 「《史》」，分門集註、文淵閣、文津閣與古逸叢書諸本皆作「吏」（頁 84；263；
12；38）。所引乃《新唐書·杜甫傳》，此外，後文亦作「《史》」字，據此改。

51 「召」，文淵閣、文津閣與古逸叢書諸本皆作「相」（頁 263；12；39）。

52 《新唐書·杜甫傳》說：「甫奏賦三篇。帝奇之，使待制集賢院，命宰相試文章，
擢河西尉，不拜，改右衛率府冑曹參軍。」（卷二百一，頁 5736）

尉，淒涼為折腰。老夫怕奔走，率府且逍遙」。[53]〈莫相疑行〉曰「憶獻三賦蓬萊宮，自怪一日聲烜赫。集賢學士如堵墻，觀我落筆中書堂」。[54]《史》、〈集〔記〕〉皆以為十三載。[55]桉〈帝紀〉：[56]十載，行三大禮。十三載，未嘗郊。況〈表〉云「臣生長陛下淳樸之俗，行四十載矣」，故知當在今歲。原叔云：《新書》作「召試，〔授〕京兆府兵曹」。[57]《新書》乃今《舊書》也。[58]《今書》作「冑曹」。[59]〈進西岳賦表〉乃云「委學官試文章」，[60]皆不同。除夕曲江族弟位宅守歲曰「四十明朝過」。[61]《年譜》云：〈上韋左相〉詩云「鳳曆軒轅紀，龍飛四十春」。〈壯遊〉：「放蕩齊、趙間，裘馬頗清狂。……。快意八九年，西歸到咸陽。」則公歸自齊、趙，乃應詔。奏賦，又數年間事也。〔翰林王洙，字原叔〕[62]

53　「淒涼」，文淵閣、文津閣與古逸叢書諸本皆作「淒涼」（頁 263；12；39）。「老夫怕奔走」，《杜工部集·官定後戲贈》作「老夫怕趨走」（卷九，頁 393）。

54　「怪」，文淵閣、文津閣與古逸叢書諸本皆作「恠」（頁 263；12；39）。「學」，古逸叢書本作「孛」（頁 39）。「自怪一日聲烜赫」、「集賢學士如堵墻」，《杜工部集·莫相疑行》作「自怪一日聲輝赫」、「集賢學士如堵牆」（卷五，頁 182）。

55　《新唐書·杜甫傳》說：「天寶十三載，玄宗朝獻太清宮，饗廟及郊，甫奏賦三篇。」（卷二百一，頁 5736）又，〈杜工部集記〉說：「天寶十三年，獻三賦。」（《杜工部集》，頁 1）據此，補「記」字。

56　「桉」，文淵閣、文津閣與古逸叢書諸本皆作「按」（頁 263；12；39）。「帝紀」，案：指〈玄宗本紀〉。

57　〈杜工部集記〉作「〈傳〉云：召試，授京兆府兵曹」（《杜工部集》，頁 3）。今據〈集記〉，補「授」字。另外，《舊唐書·杜甫傳》亦有「召試文章，授京兆府兵曹參軍」諸字（卷一百九十下，頁 5054）。

58　「也」，古逸叢書本作「則」（頁 39），古逸叢書本當誤。

59　《新唐書·杜甫傳》說：「改右衛率府冑曹參軍。」（卷二百一，頁 5736）

60　「岳」，文淵閣、文津閣與古逸叢書本皆作「嶽」（頁 263；13；39）。

61　〈杜位宅守歲〉云「四十明朝過，飛騰暮景斜」（《杜工部集》，卷九，頁 388-389）。

62　「翰林王洙，字原叔」，文淵閣、文津閣與古逸叢書諸本文末皆有此諸字（頁 263；13；39），據此補。

十三載甲午。公年四十三

〈玄宗紀〉：秋八月甲子朔，文部侍郎韋見素拜中書門下平章事。[63]公贊見韋左相詩云「龍飛四十春」，[64]又曰「愚蒙但隱淪」，[65]則此詩似未獻賦前。〈封西岳賦表〉云「臣本杜陵諸生，年過四十」，[66]又云「蓋長安一匹夫爾。[67]次歲，[68]國家有事於郊廟，[69]幸得奏賦，待制於集賢，委學官試文章，再降恩澤，……，送隸有司，參列選序」，則此賦又在〈三大禮賦〉後。《詩史》以為十二載，[70]未詳〈紀〉：二月丁丑，楊國忠為司空。[71]公〈表〉云：陛下元弼，克生司空。斯文不可寢已。[72]則此賦當在未封西岳前。而〈紀〉：封華岳在九載。[73]又當

---

63 《新唐書・玄宗本紀》「天寶十三載」說：「八月丙戌，……。文部侍郎韋見素為武部尚書、同中書門下平章事。」（卷五，頁 150）《舊唐書・玄宗本紀》「天寶十三載」則說：「秋八月丁亥，以久雨，左相、許國公陳希烈為太子太師，罷知政事；文部侍郎韋見素為武部尚書，同中書門下平章事。」（卷九，頁 229）

64 「左」，文津閣本作「右」（頁 13）。據此詩題〈上韋左相二十韻〉，則文津閣本當誤。

65 〈上韋左相二十韻〉，見《杜工部集》，卷九，頁 368。

66 「〈封西岳賦表〉」，《杜工部集》作〈進封西岳賦表〉（卷十九，頁 827）。

67 「爾」，文淵閣、文津閣與古逸叢書本皆作「耳」（頁 263；13；39）；此外，〈進封西岳賦表〉亦作「蓋長安一匹夫耳」（《杜工部集》，卷十九，頁 827）。

68 「次歲」，〈進封西岳賦表〉作「頃歲」（《杜工部集》，卷十九，頁 827）。

69 「於」，文淵閣、文津閣與古逸叢書諸本皆有「於」字（頁 263；13；39）；分門集註本無此字（頁 68）；此外，〈進封西岳賦表〉亦作「國家有事於郊廟」（《杜工部集》，卷十九，頁 827）。

70 「《詩史》」，分門集註與古逸叢書本皆作《詩史》（頁 86；39）；文淵閣與文津閣本皆作「詩文」（頁 263；13），文淵閣與文津閣本當誤。

71 《新唐書・玄宗本紀》「天寶十三載二月」下說：「丁丑，楊國忠為司空。」（卷五，頁 150）

72 「寢」，文津閣本作「寑」（頁 13）。此外，〈進封西岳賦表〉作「維岳，授陛下元弼，克生司空。斯又不可寢已。」（《杜工部集》，卷十九，頁 828）

73 《舊唐書・玄宗本紀》「天寶九載正月」說：「庚戌，羣臣請封西嶽，從之。」（卷九，頁 224）此外，《新唐書・玄宗本紀》「天寶九載正月」說：「丁巳，詔以十一月

考也。

十四載乙未。公年四十四[74]

十一月，安祿山反，[75]陷河北諸郡。公有〈自京赴奉先作〉，註云：此年十一月作。[76]《集註》云：[77]公在率府，欲辭職，遂作〈去矣行〉。[78]而家屬先在奉先。[79]《詩史》云：薊北反書未聞，公已逸身畿甸。

十五載丙申。公年四十五。是年七月，肅宗即位於靈武，改元至德[80]

祿山僭帝于東京。[81]公在奉先，以舅氏崔十九翁為白水尉，故適白水，有〈高齋三十韻〉。[82]六月辛未，賊入潼關，[83]駕幸劍外。七月甲子，肅宗即位靈武。公漸北過，〈彭衙行〉曰「憶昔避賊初，北走經

封華嶽。」（卷五，頁 147）

74 「十四載乙未。公年四十四」，分門集註與古逸叢書本皆作「十四載」（頁 86；39）；文淵閣與文津閣本皆作「十四載乙未。公年四十四」（頁 264；13）。

75 「安祿山」，文淵閣、文津閣與古逸叢書本皆作「祿山」（頁 264；13；40）。

76 「註」，文淵閣、文津閣與古逸叢書本皆作「注」（頁 264；13；40）。此外，《杜工部集》詩題作〈自京赴奉先縣詠懷五百字〉，題下原注：「天寶十四載十一月初作。」（卷一，頁 39）

77 「註」，文淵閣、文津閣與古逸叢書本皆作「注」（頁 264；13；40）。

78 「辭」，古逸叢書本作「辝」（頁 40）。此外，《九家集註杜詩》（臺北：臺灣大通書局，1974 年）於〈去矣行〉下云：「鮑云：『天寶十四年，公在率府，數上賦，頌不采錄，欲辭職，遂作〈去矣行〉。』」（卷二，頁 171）

79 「屬」，古逸叢書本作「属」（頁 40）。

80 「是年七月，肅宗即位於靈武，改元至德」，分門集註本無此諸字（頁 87）；文淵閣、文津閣與古逸叢書本皆有此諸字（頁 264；13；40）。此外，「靈武」，文淵閣與文津閣本皆作「靈武」（頁 264；13）；古逸叢書本作「𤫪武」（頁 40），當作靈武，《舊》、《新唐書・肅宗本紀》皆作靈武（卷十，頁 242；卷六，頁 156）。

81 《舊唐書・玄宗本紀》說：「（天寶）十五載春正月乙卯，御宣政殿受朝。其日，祿山僭號於東京。」（卷九，頁 231）

82 《杜工部集》詩題作〈白水縣崔少府十九翁高齋三十韻〉（卷一，頁 42）。

83 「關」，古逸叢書本作「関」（頁 40）。

險艱。夜深彭衙道，馮翊界，[84]月照白水山，屬同州。……。少留周家
窪，欲出蘆子關」。公七月，[85]寓于鄜州，[86]有〈三川觀漲〉詩，鄜州
屬縣，曰「我經華原來」，長安北。[87]公羸服走靈武，[88]賊得之，故〈贈
韋評事〉詩曰「昔沒賊中時，潛與子同遊」。[89]公沒賊中，有〈九日藍
田崔氏莊〉以下十三首。

至德二載丁酉。公年四十六

公春在賊中，曲江行曰「少陵野老吞聲哭，春日潛行曲江曲」。[90]自正
月乙卯祿山死；[91]二月戊子肅宗次鳳翔，李光弼敗安慶緒于太原，郭
子儀敗安慶緒于潼關，又敗于永豐倉。[92]公西走鳳翔，達鳳翔行在，
曰「西憶歧陽信，無人遂却回」；又曰「司隸章初覩，南陽氣已

---

84 「翊」，古逸叢書本作「詡」（頁40），古逸叢書本當誤。

85 「公」，文淵閣、文津閣與古逸叢書諸本皆有「公」字（頁264；13；40）；分門集
註本無此字（頁87）。

86 「鄜州」，分門集註與古逸叢書本皆作「鄜川」（頁87；40）。

87 《杜工部集》詩題作〈三川觀水漲二十韻〉（卷一，頁43）。

88 「羸服」，文淵閣、文津閣與古逸叢書諸本作此「羸服」（頁264；13；40）；分門集
註本作「羸」（頁87）。

89 《杜工部集》詩題作〈送韋十六評事充同谷郡防禦判官〉（卷二，頁86）。

90 「曲江行」，非杜詩篇名，篇名當為〈哀江頭〉，詩有云「少陵野老吞聲哭，春日潛
行曲江曲」（《杜工部集》，卷一，頁46）。

91 《舊唐書・肅宗本紀》說：「二載春正月……。乙卯，逆胡安祿山為其子慶緒所
殺。」（卷十，頁245）《新唐書・肅宗本紀》亦云：「二載正月，……。乙卯，安慶
緒弒其父祿山。」（卷六，頁157）

92 《新唐書・肅宗本紀》「至德二載」云：「二月戊子，次于鳳翔。李光弼及安慶緒之
眾戰于太原，敗之。……。庚子，郭子儀及安慶緒戰于潼關，敗之。……。甲辰，
郭子儀及安慶緒戰于永豐倉，敗之。」（卷六，頁157-158）此外，關於至德二載二
月戊子肅宗次鳳翔，《舊唐書・肅宗本紀》「至德二載」說：「二月戊子，幸鳳翔
郡。」（卷十，頁245）《資治通鑑》「至德二載」亦云：「二月，戊子，上至鳳翔。」
（卷二百一十九，頁7017）

新」，[93]又〈述懷〉曰「去年潼關敗，妻子隔絕久。今夏草木長，脫身得西走」。[94]元微之〈誌〉云：步謁肅宗行在，拜左拾遺。[95]《舊書》云「自京師宵遁，赴河西，謁肅宗於彭原」；[96]《新書》云「拜右拾遺」，[97]非是。房綰罷相印，甫上疏「不宜免」，帝怒，詔三司雜問，[98]以張鎬言，帝解赦之。[99]公有〈狀謝口勅〉；[100]又有「六月十二日」薦岑參諫官狀，[101]皆可考。《新史》云「自是帝不甚省錄」。[102]公家寓鄜彌年，孺弱至餓死，許甫往省親。[103]呂汲公考云：八月，墨敕放還鄜州，有〈北征〉詩。[104]《舊史》云：肅宗怒，貶甫為華州司功

93　《杜工部集》詩題作〈喜達行在所三首〉，題下有「自京竄至鳳翔」諸字，所引為其一與其二詩句（卷十，頁 407-408）。

94　「去年潼關敗」，《杜工部集‧述懷》作「去年潼關破」（卷二，頁 53）。

95　元稹〈唐故檢校工部員外郎杜君墓係銘〉：「屬京師亂，步謁行在，拜左拾遺。」（《杜工部集》，卷二十，頁 893）

96　《舊唐書‧杜甫傳》說：「甫自京師宵遁，赴河西，謁肅宗於彭原郡，拜右拾遺。」（卷一百九十下，頁 5054）

97　《新唐書‧杜甫傳》說：「至德二年，亡走鳳翔上謁，拜右拾遺。」（卷二百一，頁 5737）

98　「雜」，文淵閣與文津閣本皆作「推」（頁 264；14）。

99　《新唐書‧杜甫傳》說：「與房琯為布衣交，琯時敗陳濤斜，又以客董廷蘭，罷宰相。甫上疏言：『罪細，不宜免大臣。』帝怒，詔三司雜問。宰相張鎬曰：『甫若抵罪，絕言者路』帝乃解。」（卷二百一，頁 5737）

100　「勅」，文淵閣與文津閣本皆作「勅」（頁 264；14）。《杜工部集》題作〈奉謝口勅放三司推問狀〉，文末有「至德二載六月一日宣議郎行左拾遺臣杜甫狀奏」諸字（卷二十，頁 870）。

101　《杜工部集》題作〈為遺補薦岑參狀〉，文末有「至德二載六月十二日……左拾遺內供奉臣杜甫……」諸字（卷二十，頁 867-868）。

102　《新唐書‧杜甫傳》說：「然帝自是不甚省錄。」（卷二百一，頁 5737）

103　《新唐書‧杜甫傳》說：「時所在寇奪，甫家寓鄜，彌年艱窶，孺弱至餓死，因許甫自往省視。」（卷二百一，頁 5737）

104　「敕」，古逸叢書本作「勅」（頁 41）。此外，呂大防《年譜》說：「至德二年戊戌。……。八月，墨制放往鄜州，有〈北征〉詩。」

曹，[105]非是。《實錄》言：御史大夫韋陟言，[106]當考。〈北征〉曰「皇帝二載秋，閏八月初吉。杜子將北征，蒼茫問家室」。贈節度李重進曰「青袍朝士最苦者，白頭拾遺徒步歸」。[107]閏八月朔甲寅，賊安慶緒寇好時，[108]渭北節度使李光進戰却之，[109]渭北壘空，公得北首鄜路。〈送韋宙同谷〉曰「鑾輿駐鳳翔，……，受詞太白腳」。[110]秋，旋自鄜時，扈從還闕。〈贈嚴、賈二閣老〉曰「法駕還雙闕，王師下八川。此時霑奉引，佳氣拂周旋」。[111]十月丁卯，天子還闕，[112]公臘日供奉紫宸曰「臘日常年暖尚遙，今年臘日凍全消」。[113]十二月，上皇

---

105 《舊唐書·杜甫傳》說：「其年十月（筆者按：至德元年十月），琯兵敗於陳濤斜。明年春，琯罷相。甫上疏言琯有才，不宜罷免。肅宗怒，貶琯為刺史，出甫為華州司功參軍。」（卷一百九十下，頁 5054）

106 此條未見，然《舊唐書·韋陟傳》嘗云：「拾遺杜甫上表論房琯有大臣度，真宰相器，聖朝不容，辭旨迂誕，肅宗令崔光遠與陟及憲部尚書顏真卿同訊之。陟因入奏曰：『杜甫所論房琯事，雖被貶黜，不失諫臣大體。』上由此疏之。」（卷九十二，頁 2961）

107 《杜工部集》詩題作〈徒步歸行〉，題下並云：「贈李特進，自鳳翔赴鄜州，途經邠州作。」又，詩作「青袍朝士最困者，白頭拾遺徒步歸」（卷二，頁 59）。

108 「好」，文淵閣與文津閣本皆作「郞」（頁 264；14）。

109 「使」，文淵閣與文津閣本皆有「使」（頁 265；14）。「李光進戰卻之」，分門集註作「李光弼進戰却之」（頁 90）。此外，《新唐書·肅宗本紀》「至德二載八月」下說：「閏月甲寅，安慶緒寇好時，渭北節度使李光進敗之。」（卷六，頁 158）

110 《杜工部集》詩題作〈送韋十六評事充同谷郡防禦判官〉（卷二，頁 86）。

111 「此」，文淵閣、文津閣與古逸叢書本皆作「比」（頁 265；14；41）。《杜工部集》詩題作〈寄岳州賈司馬六丈、巴州嚴八使君兩閣老五十韻〉（卷十，頁 452）。又，詩作「此」字（頁 453）。

112 《舊唐書·肅宗本紀》「至德二載十月」說：「癸亥，上自鳳翔還京……。丁卯，入長安。」（卷十，頁 248）此外，《新唐書·肅宗本紀》「至德二載十月」也說：「丁卯，至自靈武。」（卷六，頁 159）最後，《資治通鑑》「至德二載十月」亦云：「丁卯，上入西京。」（卷二百二十，頁 7042）

113 「暖」，文淵閣與文津閣本皆作「煖」（頁 265；14）。《杜工部集》詩題作〈臘日〉（卷十，頁 416）。又，詩作「暖」字（頁 416）。

至自蜀。[114]以蜀郡為南京，鳳翔為西京，西京為中京。[115]

乾元元年戊戌。公年四十七。是歲二月，改元，復以載為年[116]

春，公有：〈紫宸退朝口號〉、〈賈至朝大明宮〉、[117]〈宣政殿晚出左
掖〉；[118]又，〈退朝出左掖〉、[119]〈直夜〉、[120]〈題省中壁〉等詩。[121]微
之〈誌〉：公左拾遺，歲餘，以直言出華州司戶。[122]〈悲往事〉繫曰
「至德二載，甫自京金光門出，道歸鳳翔。乾元初，從左拾遺移華州
掾，與親故別，因出此門，有悲往事」，[123]曰「近得歸京邑，移官豈
至尊」，[124]必大臣有不樂公者。至華，〈題鄭縣亭子〉曰「雲斷岳蓮臨

---

114 《舊唐書‧肅宗本紀》「至德二載」說：「十二月丙午，上皇至自蜀。」（卷十，頁
249）此外，《新唐書‧肅宗本紀》「至德二載」也說：「十二月丙午，上皇天帝至
自蜀郡。」（卷六，頁 159）

115 《資治通鑑》「至德二載十二月」云：「以蜀郡為南京，鳳翔為西京，西京為中
京。」（卷二百二十，頁 7046）此外，《舊唐書‧肅宗本紀》「至德二載十二月」
說：「改蜀郡為南京，鳳翔府為西京，西京改為中京。」（卷十，頁 250）最後，
《新唐書‧肅宗本紀》「至德二載十二月」亦云：「以蜀郡為南京，鳳翔郡為西
京，西京為中京。」（卷六，頁 159）

116 「是歲二月，改元，復以載為年」，文淵閣、文津閣與古逸叢書諸本皆有此諸字
（頁 265；14；41）；分門集註本則無（頁 90）。

117 《杜工部集》有〈奉和賈至舍人早朝大明宮〉（卷十，頁 418）。

118 《杜工部集》詩題作〈宣政殿退朝晚出左掖〉（卷十，頁 420）。

119 《杜工部集》有〈晚出左掖〉（卷十，頁 421）。

120 《杜工部集》有〈春宿左省〉（卷十，頁 420）。

121 《杜工部集》有〈題省中院壁〉（卷十，頁 420）。

122 〈唐故檢校工部員外郎杜君墓係銘並序〉云：「……拜左拾遺。歲餘，以直言失
官，出為華州司功。」（《杜工部集》，卷二十，頁 893）

123 「京金光門」，文淵閣與文津閣本皆作「京兆金光門」（頁 265；14）；「道」，文淵
閣與文津閣本無此字（頁 265；14）。《杜詩詳注》詩題作〈至德二載，甫自京金光
門出，間道歸鳳翔。乾元初，從左拾遺移華州掾，與親故別，因出此門，有悲往
事〉（卷六，頁 480）。

124 「豈」，文淵閣與文津閣本皆作「遠」（頁 265；14）；古逸叢書本作「定」（頁

大路，天晴宮柳暗長春」。唐官儀，功曹主秋賦，公有〈秋策問進士〉。[125]七月，代華牧論殘寇狀上朝廷策士文。[126]公及冬出潼關，東征洛陽道，[127]《史》不載，有〈閿鄉姜七少府設鱠〉及〈湖城遇孟雲卿歸劉顥宅飲宿〉等詩。[128]

二年己亥。公年四十八

春，留東都。三月，九節度之師潰于滏水，郭子儀斷盟津，[129]退守洛師。[130]公有〈新安吏〉、〈石壕吏〉等詩。歸華，放情山水間，嘗遊伏毒寺，有〈憶鄭南〉曰「鄭南伏毒寺，蕭灑到江心」。[131]鮑公《詩譜》云：夏，去華之秦。公有〈秋華下苦熱〉曰「七月六日苦炎蒸，對食暫餐還不能」；[132]〈立秋後題〉曰「平生獨往願，惆悵年半百。罷官亦由人，何事拘形役」，自是有浩然志。《史》云：關輔餓，輒棄官去，客秦州，貧採橡栗自給。[133]有〈秦州二十首〉，曰「滿目悲生

42）。

125 《杜工部集》題作〈乾元元年華州試進士策問五首〉（卷二十，頁 854）。

126 《杜工部集》有〈為華州郭使君進滅殘寇形勢圖狀〉（卷二十，頁 870）。

127 「征」，文津閣本作「往」（頁 15）。

128 《杜工部集》詩題作〈閿鄉姜七少府設鱠戲贈長歌〉、〈湖城東遇孟雲卿，復歸劉顥宅宿宴飲散，因為醉歌〉（卷二，頁 80-81）。

129 「盟津」，偃師縣西北三十一里，《元和郡縣圖志》「河南府」「偃師縣」下說：「盟津，在縣西北三十一里。」（卷五，頁 132）

130 「洛師」，古逸叢書本作「東都」（頁 42）。

131 「蕭」，文淵閣與文津閣本皆作「瀟」（頁 265；15）。此外，《杜工部集》詩題作〈憶鄭南玭〉（卷十五，頁 645-646）。

132 《杜工部集》詩題作〈早秋苦熱堆案相仍〉，題下原注「時任華州司功」（卷二，頁 91）。

133 「餓」，分門集註本作「餓」（頁 92）；文淵閣本作「飢」（頁 265）；文津閣與古逸叢書本皆作「饑」（頁 15；42）。《新唐書・杜甫傳》說：「關輔饑，輒棄官去，客秦州，負薪採橡栗自給。」（卷二百一，頁 5737）

事，因人作遠遊。遲回度隴怯，浩蕩及關愁」。[134]公厭秦隴要衝，人事煩夥，西南命駕遊同谷，〈別贊上人〉曰「天長關塞寒，歲莫飢凍逼。野風吹征衣，欲別向曛黑」。[135]冬十月，發秦州，曰「我衰更嬾拙，生事不自謀。無食思樂土，無衣思南州」。[136]至同谷，作〈七歌〉。[137]寓同谷，不盈月。十二月一日，發同谷，曰「始來茲山中，休駕喜地僻。奈何迫物累，一歲四行役」，[138]公自京至華，至秦，至同谷，赴劍南，凡「四」。《史》曰：同谷採橡栗自給，流落劍外。[139]公詩云「邑有佳主人」，[140]又曰「臨歧別數子，握手淚再滴」，[141]非寥落而遷，殆迫於寇攘也。〈送韋宙從事同谷〉曰「此邦承平日，剝切吏所羞」，[142]又曰「古來無人地，今代橫戈矛」，[143]當時必為羌戎所迫，但《史》不載，止云：十二月，史思明寇陝州。[144]公度栗亭，趨劍門，〈木皮嶺〉曰「季冬攜童稚，辛苦赴蜀門」，〈鹿頭山〉曰「鹿

---

134 「回」，文淵閣、文津閣與古逸叢書本皆作「迴」（頁 265；15；42）。《杜工部集》詩題作〈秦州雜詩二十首〉（卷十，頁 430）。

135 「曛」，文津閣本作「熏」（頁 15）。

136 「樂」，分門集註本作「藥」（頁 93）；文淵閣、文津閣與古逸叢書本皆作「樂」（頁 265；15；42）。分門集註本之「無食思藥土」，〈發秦州〉作「無食問樂土」（《杜工部集》，卷三，頁 116）。

137 《杜工部集》詩題作〈乾元中寓居同谷縣作歌七首〉（卷三，頁 122）。

138 《杜工部集》詩題作〈發同谷縣〉，題下原注「乾元二年十二月一日，自隴右赴劍南紀行」（卷三，頁 125）。

139 《舊唐書・杜甫傳》說：「甫寓居成州同谷縣，自負薪採梠。」（卷一百九十下，頁 5054）

140 〈積草嶺〉，見《杜工部集》，卷三，頁 121。

141 〈發同谷縣〉，見《杜工部集》，卷三，頁 125。

142 「切」，文淵閣、文津閣與古逸叢書本皆作「劫」（頁 266；15；43）。

143 《杜工部集》詩題作〈送韋十六評事充同谷郡防禦判官〉，詩並云「此邦承平日，剝切吏所羞。……。古來無人境，今代橫戈矛」（卷二，頁 86-87）。

144 《新唐書・肅宗本紀》「乾元二年」下云：「十二月……。史思明寇陝州。」（卷六，頁 162）

頭何亭亭，是日慰飢渴。連山西南斷，俯見千里豁。……。冀公柱石姿，論道邦國活」。裴冕鎮成都，公遂卜居錦江，[145]〈成都〉曰「我行山川異，忽在天一方。……。自古有羇旅，我何苦哀傷」。[146]

上元元年庚子。公年四十九

裴冀公為公卜居成都西郭浣花溪。[147]〈成都記〉：草堂寺，府西七里；浣花寺，三里。寺極宏麗。公〈卜居〉曰「浣花流水水西頭，主人為卜林塘幽」。[148]公寓浣花，雖有江山之適，羇旅牢落之思未免，故二年之間，有〈赴青城縣，成都西〉、[149]〈暫如新津〉、[150]〈出成都寄陶王二少尹〉、[151]〈寄高彭州〉、[152]〈投簡成華兩縣諸子〉等詩。柳芳《曆》曰：高適乾元初刺彭州。[153]公乾元初客秦，有寄適于彭州。上元初，適牧蜀，而公乃有〈寄高彭州〉詩。當考。

二年辛丑。公年五十

〈紀〉：夏四月，劍東東川節度兵馬使段子璋反，陷綿州，節度使李奐奔于成都。五月，劍南節度使崔光遠克東川，段子璋伏誅。[154]公

---

145 「卜」，分門集註作「下」（頁 94），文淵閣、文津閣與古逸叢書本皆作「卜」（頁 266；15；43）。《杜工部集》有〈卜居〉詩（卷十一，頁 466）。

146 《杜工部集》詩題作〈成都府〉（卷三，頁 131）。

147 「裴」，文津閣本作「張」（頁 15），當誤。

148 「卜」，文津閣本作「小」（頁 16），當誤。

149 「成」，文津閣本作「城」（頁 16），當誤。《杜工部集》有〈寄杜位〉（玉壘題書心緒亂，何時更得曲江遊）、〈野望因過常少仙〉（竹覆青城合，江從灌口來）諸詩（卷十三，頁 580-581；卷十一，頁 473-474）。

150 《杜工部集》有〈題新津北橋樓得郊字〉詩（卷十一，頁 479）。

151 《杜工部集》詩題作〈赴青城縣出成都寄陶王二少尹〉（卷十一，頁 473）。

152 《杜工部集》詩題作〈因崔五侍御寄高彭州一絕〉（卷十一，頁 473）。

153 「州」，文淵閣、文津閣與古逸叢書諸本皆無此字（頁 266；16；43）。

154 《新唐書・肅宗本紀》「上元二年」下說：「四月……，劍南東川節度兵馬使段子

〈戲作花卿歌〉曰「成都猛將有花卿，學語小兒知姓名。……。綿州刺史著柘黃，我卿掃除即日平。子璋髑髏血糢糊，手提擲還崔大夫。李侯重有此節度，人道我卿絕世無」。[155]《舊唐·傳》云：「梓州刺史段子璋反，以兵攻東川節度使李奐，適率州兵與西川節度使崔光遠攻子璋，斬之。西川牙將花驚定者，恃勇，既誅子璋，大掠東蜀。」[156]《新史》云：「梓屯將段子璋反，適從崔光遠討斬之。而光遠兵不戰，遂大掠，天子怒，……，遂以適代為西川節度。」[157]〈紀〉、〈傳〉與此詩皆不同，當知公紀事為審也。九月壬寅，大赦，去上元號，稱元年，以十一月為歲首，以斗所建為名。公〈草堂即事〉曰「荒村建子月，獨樹老夫家」，春秋變古，則書之，公此意也。《年譜》與《史》云：嚴武鎮成都，甫往依焉。[158]《新史》云：上元二年冬，黃門侍郎、鄭國公嚴武鎮成都，奏為節度參謀、檢校尚書工部員外郎，賜緋魚。[159]公先赴成都，裴公為卜居浣花里。《譜》、《傳》皆

璋反，陷綿州，……，節度使李奐奔于成都。五月……。劍南節度使崔光遠克東川，段子璋伏誅。」（卷六，頁 164）

155 「糢」，文津閣本作「模」（頁 16）。「刺史」，〈戲作花卿詞〉作「副史」，見《杜工部集》，卷四，頁 139。

156 「李奐」，文淵閣與文津閣本皆作「奐」（頁 266；16）；「適」，文淵閣與文津閣本皆作「高適」（頁 266；16）；「節度使」，分門集註本作「節度」（頁 96）。《舊唐書·高適傳》云：「梓州副史段子璋反，以兵攻東川節度使李奐，適率州兵從西川節度使崔光遠攻子璋，斬之。西川牙將花驚定者，恃勇，既誅子璋，大掠東蜀。」（卷一百一十一，頁 3331）

157 「光遠」，分門集註本作「光」（頁 96）；文淵閣、文津閣與古逸叢書諸本皆作「光遠」（頁 267；16；44）。此外，《新唐書·高適傳》云：「梓屯將段子璋反，適從崔光遠討斬之。而光遠兵不戰，遂大掠，天子怒，罷光遠，以適代為西川節度使。」（卷一百四十三，頁 4681）

158 呂大防《年譜》說：「上元二年壬寅。是年，嚴武鎮成都，甫往依焉。」《新唐書·杜甫傳》說：「會嚴武節度劍南東、西川，往依焉。」（卷二百一，頁 5737）

159 《舊唐書·杜甫傳》說：「上元二年冬，黃門侍郎、鄭國公嚴武鎮成都，奏為節度參謀、檢校尚書工部員外郎，賜緋魚袋。」（卷一百九十下，頁 5054）

非是。〈嚴中丞枉駕見過〉系云「嚴武東川除西川,勅除兩川都節制」,[160]詩云「元戎小隊出郊坰,問柳尋花到野亭。川合東西瞻使節,地分南北任流萍」,辭意皆與〈傳〉異。[161]《詩史》云:地志:劍西:益、彭、蜀⋯⋯,其州二十有八。劍東:梓、綿、劍、普⋯⋯十州,綿為都會。[162]《肅宗實錄》:子璋盜綿州,改元黃龍,州曰龍安府。[163]《代宗實錄》:武京兆少尹、御史中丞。賊思明阻兵京師,頗自矜大。命綿州刺史。未幾,東劍節度詔兩劍一道。[164]《新傳》:坐房琯,貶巴州。久之,遷東川。[165]《玉壘記》:是年,崔光遠尹成都,花驚定平段難,而士卒剽掠士女,至斷腕取金。詔監軍按其罪。十二月恚死。[166]

---

160 「過」,分門集註作「適」(頁 97);文淵閣、文津閣與古逸叢書諸本皆作「過」(頁 267;16;44)。此外,《杜工部集》詩題作〈嚴中丞枉駕見過〉(卷十二,頁 510)。是詩題下並有原注「嚴自東川除西川,勅令兩川都節制」諸字(頁 510)。

161 「辭」,分門集註作「辤」(頁 97);文淵閣、文津閣與古逸叢書諸本皆作「辭」(頁 267;16;44)。

162 「綿」,古逸叢書本作「絲」(頁 44)。

163 此則未見。然《資治通鑑》「上元二年」下嘗云:「子璋自稱梁王,改元黃龍,以綿州為龍安府。」(卷二百二十二,頁 7113)

164 《舊唐書・嚴武傳》說:「既收長安,以武為京兆少尹、兼御史中丞,時年三十二。以史思明阻兵不之官,優游京師,頗自矜大。出為綿州刺史,遷劍南東川節度使。⋯⋯。上皇誥以劍兩川合為一道。」(卷一百一十七,頁 3395)

165 「琯」,分門集註作「綰」(頁 97);文淵閣、文津閣與古逸叢書諸本皆作「琯」(頁 267;16;45)。此外,《新唐書・嚴武傳》說:「已收長安,拜京兆少尹。坐琯事貶巴州刺史。久之,遷東川節度使。」(卷一百二十九,頁 4484)

166 錢謙益引趙抃《玉壘記》則云:「上元二年,東劍段子璋反,李奐走成都。崔光遠命花驚定平之,縱兵剽掠士女,至斷腕取金。監軍按其罪。冬十月恚死。其月廷令嚴武。」(《錢牧齋先生箋註杜詩》,卷七,頁 472)吳延燮《唐方鎮年表》亦引及此(卷六,「劍南西川」「上元二年」,頁 965)。此外,《舊唐書・崔光遠傳》亦曾云:「肅宗遣監軍官使按其罪,光遠憂恚成疾,上元二年十月卒。」(卷一百十一,頁 3319)若據此述,則魯《譜》引云「十二月恚死」,當有誤。

寶應元年壬寅。上元二年九月，改元年。二年四月，[167]改寶應。公年五十一[168]
武至成都，公〈奉和嚴中丞西城晚眺〉詩。[169]蜀困於調度，嚴數從公
往來，〈寄題杜二錦江野亭〉云「莫倚善題鸚鵡賦，何須不著鵔鸃
冠」，公酬云「謝安不倦登臨賞，阮籍烏知禮法踈」。[170]公結廬浣花，
涉三年，〈草堂〉曰「經營上元始，斷手寶應年」，[171]浣花曰「萬里清
江上，三年落日低」。[172]四月己巳，代宗即位，召武，公〈送嚴入
朝〉曰「鼎湖瞻望遠，象闕憲章新。四海猶多難，中原憶老臣」。[173]
送嚴到綿州，〈同登杜使君江樓〉曰「歸朝送使客，落景惜登臨」，[174]
《詩史》：召武為太子賓客。《傳》：「還，拜京兆尹，為二聖山陵橋道
使，封鄭公。遷黃門侍郎。」[175]公初與武云「中丞」，梓州九日贈武
曰「大夫」，[176]此詩曰「侍郎」，[177]再鎮蜀曰「上嚴鄭公」，[178]前後自

---

167 「二年四月」，文淵閣本作「二月四月」（頁 267）；古逸叢書本作「二月四日」（頁
　　45）。

168 「公年五十一」，分門集註本無此諸字（頁 98）；古逸叢書本作「年五十一」（頁
　　45）；文淵閣與文津閣本皆作「公年五十一」（頁 267；17）。

169 「詩」，文淵閣、文津閣與古逸叢書諸本皆作「時」（頁 267；17；45）。《杜工部
　　集》有〈奉和嚴中丞西城晚眺十韻〉詩（卷十二，頁 509）。

170 「烏」，文淵閣、文津閣與古逸叢書諸本皆作「焉」（頁 267；17；45）；「踈」，文
　　淵閣本作「踈」（頁 267）；文津閣本作「疏」（頁 17）。此外，《杜工部集》詩題作
　　〈奉酬嚴公寄題野亭之作〉（卷十二，頁 517）。

171 《杜工部集》詩題作〈寄題江外草堂〉（卷四，頁 161）。

172 《杜工部集》詩題作〈畏人〉（卷十一，頁 485）。

173 《杜工部集》詩題作〈奉送嚴公十韻入朝〉（卷十二，頁 519）。

174 《杜工部集》詩題作〈送嚴侍郎到綿州同登杜使君江樓得心字〉（卷十二，頁
　　519）。

175 《新唐書·嚴武傳》說：「還，拜京兆尹，為二聖山陵橋道使，封鄭國公。遷黃門
　　侍郎。」（卷一百二十九，頁 4484）

176 《杜工部集》詩題作〈九日奉寄嚴大夫〉（卷十二，頁 524）。

177 〈送嚴侍郎到綿州同登杜使君江樓得心字〉。

178 《杜工部集》詩題作〈將赴成都草堂途中有作先寄嚴鄭公五首〉（卷十三，頁
　　560）。

可考也。〈翫月呈漢中王〉多在中秋。[179]七月，劍南西川兵馬使徐知道反。八月己未，伏誅，[180]公〈吟射洪〉曰「南京亂初定」，[181]故公欲駕梓。[182]至梓，已重陽。九日登城，〈九日奉寄嚴大夫〉曰「不眠持漢節，何路出巴山」；嚴巴嶺答曰「昨向巴山落月時，兩鄉千里夢相思」，[183]時嚴猶未出巴地也。秋，歸成都迎家，遂徑往梓。十一月，往射洪縣，南途中有作，[184]南之通泉縣，[185]亦梓州邑，〈過郭代公故宅〉、[186]〈陪王侍御因登東山最高頂，宴姚通泉，晚攜酒涪江汎舟〉，[187]皆一時作也。

廣德元年癸卯。公年五十二[188]

〈春日梓州登樓〉曰「行路難如此，登樓望欲迷」，又曰「厭蜀交遊

---

179 「翫」，分門集註與古逸叢書本皆作「晚」（頁 99；45）；文淵閣與文津閣本皆作「翫」（頁 267；17）。此外，《杜工部集》有〈翫月呈漢中王〉（卷十二，頁 521）。

180 《新唐書・代宗本紀》「寶應元年」說：「八月己未，知道伏誅。」（卷六，頁 167）

181 《杜工部集》詩題作〈奉贈射洪李四丈〉（卷五，頁 172）。

182 「梓」，文津閣本作「楫」（頁 17），當誤。

183 「月」，分門集註作「日」（頁 99）。此外，嚴武〈巴嶺答杜二見憶〉作「臥向巴山落月時，兩鄉千里夢相思」（《杜工部集》，卷十二，頁 525）。

184 《杜工部集》有〈早發射洪縣南途中作〉詩（卷五，頁 172）。

185 《杜工部集》有〈通泉驛南去通泉縣十五里山水作〉詩（卷五，頁 173）。

186 「過」，分門集註作「適」（頁 99）；文淵閣、文津閣與古逸叢書諸本皆作「過」（頁 268；17；46）。此外，《杜工部集》有〈過郭代公故宅〉詩（卷五，頁 173）。

187 《杜工部集》有〈陪王侍御同登東山最高頂，宴姚通泉，晚攜酒泛江〉詩（卷五，頁 175）。

188 「公年五十二」，分門集註本無此諸字（頁 100）；古逸叢書本作「年五十二」（頁 46）；文淵閣與文津閣本皆作「公年五十二」（頁 268；17）。

冷，思吳勝事繁。應須理舟楫，長嘯下荊門」，[189]公已有東下之興。公送辛員外暫至綿。[190]還梓州，陪章侍御宴南樓，[191]陪章侍御惠義寺。[192]秋，〈章梓州水亭〉；[193]時公將適吳楚，〈留別章使君留後〉曰「終作適荊蠻，安排用莊叟」。[194]秋，故相房琯薨，公有「九月壬戌」〈祭房公文〉。[195]公轉遊閬中，為閬州王使君進論巴蜀安危表。[196]〈警急〉曰「玉壘雖傳檄，松州已解圍」，[197]系云：「時高公適領西川節度使。」[198]時吐蕃犯塞，為中國患，公痛其猖獗，疾蜀無善將，以守要害。明年，武再出鎮，蜀道始安。是歲，召補京兆功曹，不赴。[199]

二年甲辰。公年五十三

公自梓之閬，有〈閬山歌〉等詩。送李梓州之任，并寄章十侍御，系云「初時罷梓州刺史、東川留後，將赴朝赴」，[200]二公交印正在今春。[201]有

---

189 《杜工部集》有〈春日梓州登樓二首〉（卷十二，頁 527）。

190 「辛」，文淵閣本作「辛」（頁 268），當誤。〈又送（辛員外）〉詩有「直到綿州始分首」句（《杜工部集》，卷十二，頁 540）。

191 《杜工部集》詩題作〈陪章留後侍御宴南樓得風字〉（卷十二，頁 536）。

192 《杜工部集》詩題作〈陪章留後惠義寺餞嘉州崔都督赴州〉（卷四，頁 156）。

193 《杜工部集》有〈章梓州水亭〉詩（卷十二，頁 541）。

194 《杜工部集》詩題作〈將適吳楚留別章使君留後兼幕府諸公得柳字〉（卷四，頁 157）。

195 《杜工部集》題作〈祭故相國清河房公文〉，文並云：「維唐廣德元年，歲次癸卯，九月辛丑朔，二十二日壬戌，京兆杜甫，敬以醴酒茶藕薳鯽之奠，奉祭故相國清河房公之靈。」（卷二十，頁 864）

196 〈為閬州王使君進論巴蜀安危表〉，見《杜詩詳注》，卷二十五，頁 2193。

197 「檄」，分門集註、文淵閣與文津閣諸本皆作「檄」（頁 101；268；18）；古逸叢書本作「撖」（頁 46）。〈警急〉作「玉壘雖傳檄，松州會解圍」（卷十二，頁 539）。

198 「西川節度使」，文淵閣與古逸叢書本作「西川節使」（頁 268；46）。《杜工部集》作「時高公適領西川節度」（卷十二，頁 539）。

199 「召」，分門集註本作「君」（頁 101）；文淵閣、文津閣與古逸叢書諸本皆作「召」（頁 268；18；46）。

200 《杜工部集》詩題作〈奉寄章十侍御〉，題下有原注「時初罷梓州刺史、東川留

將赴荊南遊，有〈將赴荊南寄別李劒州〉，[202]〈遊子〉曰「巴蜀愁誰語，吳門興杳然」，然公時意未有所適，會嚴武復節度劒南東西川，公往依焉。贈武曰「殊方又喜故人來，重領還須濟世才。常怪偏裨終日待，不知旌節隔年回」。[203]房琯薨閬州，贈一品，公〈別房太尉墓〉曰「他鄉復行役，駐馬別孤墳」。〈自閬州領妻子却赴蜀山三首〉曰：「汨汨避羣盜，悠悠經十年。不成向南國，復作遊西川。」將赴成都草堂途中有作先寄嚴鄭公，[204]旋錦江贈王侍御曰「一別星橋夜，三回斗柄春」，[205]亦曰「猶得見殘春」。[206]微之〈誌〉曰「劒南節度嚴武，狀為工部員外郎參謀軍事」。[207]公〈揚旗〉系云「二年夏六月，成都尹鄭公置酒公堂，觀騎士，〔試〕新旗幟」，[208]曰「三州陷犬戎，但見西嶺青」，[209]〈代宗紀〉曰：廣德元年，失松、維二州。[210]柳芳

後，將赴朝廷」諸字（卷十三，頁 552）。

201 「印」，文淵閣本作「卬」（頁 268）。

202 《杜工部集》，卷十三，頁 553。

203 「怪」，文淵閣、文津閣與古逸叢書諸本皆作「恠」（頁 268；18；47）；「待」，分門集註本作「侍」（頁 102）；文淵閣、文津閣與古逸叢書諸本皆作「待」（頁 268；18；47）。《杜工部集》詩題作〈奉待嚴大夫〉，並云「殊方又喜故人來，重鎮還須濟世才。常怪偏裨終日待，不知旌節隔年迴」（卷十三，頁 551-552）。

204 《杜工部集》有〈將赴成都草堂途中有作先寄嚴鄭公五首〉（卷十三，頁 560）。

205 「贈」，文津閣本作「鎮」（頁 18），當誤。《杜工部集》詩題作〈贈王二十四侍御契四十韻〉，並云「一別星橋夜，三移斗柄春」（卷十三，頁 563-564）。

206 〈將赴成都草堂途中有作先寄嚴鄭公五首〉有「故園猶得見殘春」句，見《杜工部集》，卷十三，頁 561。

207 《杜工部集》，卷二十，頁 893。

208 「揚」，分門集註與古逸叢書本皆作「楊」（頁 102；47）。此外，〈揚旗〉詩題下作「二年夏六月，成都尹鄭公置酒公堂，觀騎士，試新旗幟」（《杜工部集》，卷五，頁 188）。

209 〈揚旗〉詩。

210 「二州」，分門集註與古逸叢書本皆作「州」（頁 102；47）；文淵閣與文津閣本皆作「二州」（頁 269；18）。《新唐書・代宗本紀》「廣德元年」云：「十二月……。吐蕃陷松、維二州。」（卷六，頁 169）此外，《舊唐書・代宗本紀》亦云：「十二

《唐歷》迺曰：糧運絕，西川節度高適不能軍，吐蕃陷松、維、保三
州。[211]以公詩考之，當然。武〈軍城早秋〉曰「昨夜秋風入漢關，朔
雲邊雪滿西山。更催飛將追驕虜，莫遣沙場匹馬還」，[212]公和曰「秋風
嫋嫋動高旌，玉帳分弓射虜營。已收滴博雲間戍，更奪蓬婆雪外
城」。[213]〈遣悶〉曰「胡為來幕下，只合在舟中。黃卷真如律，青袍
也自公」。[214]公放誕不樂吏檢，雖鄭公禮寬心契，尤每見意。《史》
云：「性褊躁傲誕，嘗醉登武床，[215]瞪視曰：『嚴挺之乃有此子。』武
亦暴猛，外若不忤，中銜之。一日欲殺甫及梓州刺史章彝，集吏於
門。武將出，冠鉤于簾三，左右白其母，奔救得止，獨殺彝。」[216]
《舊史》不載。以公詩考之，武來鎮蜀，彝已交印入覲，公再依武，
相歡洽無恨之意。[217]《史》當失之。

月……。吐蕃陷松州、維州、雲山城、籠城。」（卷十一，頁 274）

211 「唐歷」，分門集註與古逸叢書本作「歷」（頁 102；47）；文淵閣與文津閣本皆作
　　「唐歷」（頁 269；18）。「西川節度」，文淵閣與文津閣皆作「西川節度使」（頁
　　269；18）。此外，趙子櫟《年譜》「廣德二年」下亦曾云：「柳芳《歷》：糧運絕，
　　西川節度高適不能軍，吐蕃陷松、維、保三州。」

212 嚴武：〈軍城早秋〉，見《杜工部集》，卷十三，頁 570。

213 「戍」，分門集註作「戊」（頁 103）。此外，〈奉和軍城早秋〉作「秋風嫋嫋動高
　　旌，玉帳分弓射虜營。已收滴博雲間戍，更奪蓬婆雪外城」（《杜工部集》，卷十
　　三，頁 570）。

214 《杜工部集》詩題作〈遣悶奉呈嚴鄭公二十韻〉（卷十三，頁 572）。

215 「床」，古逸叢書本作「牀」（頁 47）。

216 《新唐書‧杜甫傳》云：「性褊躁傲誕，嘗醉登武牀，瞪視曰：『嚴挺之乃有此
　　兒！』武亦暴猛，外若不為忤，中銜之。一日欲殺甫及梓州刺史章彝，集吏於
　　門。武將出，冠鉤于簾三，左右白其母，奔救得止，獨殺彝。」（卷二百一，頁
　　5738）

217 「無恨之意」，文淵閣、文津閣與古逸叢書諸本皆作「無恨恨意」（頁 269；18；
　　47）。

永泰元年乙巳。公年五十四

〈正月三日竟歸溪上有作簡院內諸公〉曰「白頭趨幕府，深覺負平生」。[218]夏四月庚寅，嚴公薨。[219]公有〈哭歸柩〉。[220]五月癸丑，詔定襄郡王郭英乂節度劍南。[221]〈紀〉：閏十月，劍南西山兵馬使崔旰反，寇成都，郭英乂奔于靈池，普州韓澄殺之。[222]〈崔寧傳〉：[223]寧本名旰。永泰元年，武卒，行軍司馬杜濟等請郭英乂為節度，寧亦丐大將王崇俊。朝廷次用英乂。英乂恨之，召寧，寧不敢還。英乂自將討之，寧還攻英乂。英乂不勝，走靈池，於是劍南楊子琳起瀘州，與邛州柏貞節連和討寧。[224]明年，詔杜鴻漸山西劍南等道副元帥平其亂。入成都，政事一委寧。乃表貞節為邛州刺史，子琳為瀘州刺史，以和解之。大曆三年，寧來朝。楊子琳襲取成都。[225]以公詩考之，成

---

218 「平生」，文津閣本作「生平」（頁 19）。《杜工部集》詩題作〈正月三日歸溪上有作簡院內諸公〉，並云「白頭趨幕府，深覺負平生」（卷十三，頁 575）。

219 《舊唐書・代宗本紀》「永泰元年」說：「（夏四月）庚寅，劍南節度使、檢校吏部尚書嚴武卒。」（卷十一，頁 279）

220 「公有〈哭歸柩〉」，文淵閣與文津閣皆作「有〈哭歸槻〉詩」（頁 269；19）。《杜工部集》有〈哭嚴僕射歸櫬〉詩（卷十四，頁 592）。

221 《舊唐書・代宗本紀》「永泰元年」說：「五月癸丑，以尚書右僕射、定襄郡王郭英乂為成都尹、御史大夫、充劍南節度使。」（卷十一，頁 279）另外，《資治通鑑》「永泰元年」亦云：「五月，癸丑，以右僕射郭英乂為劍南節度使。」（卷二百二十三，頁 7175）

222 《新唐書・代宗本紀》「永泰元年十月」下說：「閏月，……。辛亥，劍南西山兵馬使崔旰反，寇成都，節度使郭英乂奔于靈池，普州刺史韓澄殺之。」（卷六，頁172）

223 「寧」，古逸叢書本作「窊」（頁 48）。

224 「柏」，文淵閣與文津閣本皆作「柏」（頁 269；19）。

225 《新唐書・崔寧傳》云：「永泰元年，武卒。行軍司馬杜濟，別將郭英幹、郭嘉琳皆請英幹之兄英乂為節度使，寧與其軍亦丐大將王崇俊。奏俱至，而朝廷既用英乂矣。英乂恨之，始署事即誣殺崇俊，又遣使召寧。寧恐，託拒吐蕃，不敢還。英乂怒，因出兵，聲言助寧，實欲襲取之，即徙寧家於成都，而淫其妾媵。寧懼，益負阻。英乂乃自將討之，會天大雪，馬多凍死，士心離，遂敗歸。寧……

都亂，再至東川，〈相從行〉曰「我行入東川，十步一回首。成都亂
罷氣蕭瑟，浣花草堂亦何有。梓中豪桀大者誰，本州從事知名久」。[226]
公歸成都，止以嚴公再鎮。〈草堂〉曰「昔我去草堂，[227]蠻夷塞成
都。今我歸草堂，成都適無虞。請陳初亂時，反覆乃須臾。大將赴朝
廷，羣小起異圖。[228]中宵斬白馬，盟欲氣已麤。[229]西收卭南兵，[230]北
斷劍閣隅。布衣數十人，亦擁專城居」，系云：即楊子琳、柏貞節之徒。
「賤子且奔走，三年望東吳。弧矢暗江海，難為遊五湖。不忍竟舍
此，復來薙榛蕪。[231]入門四松在，步堞萬竹疎」；[232]〈營屋〉云「愛
惜已六載，[233]茲辰去千竿」，以詩訂傳云「大將赴朝廷，羣小起異
圖」，以為嚴公，[234]後來公無再歸草堂之跡；以為崔旰。《史》云：大

乃進薄成都。……。於是劍南大擾，楊子琳起瀘州，與邛州柏貞節連和討寧。明
年，代宗詔宰相杜鴻漸為山西劍南邛南等道副元帥、劍南西川節度使，往平其
亂。……遂入成都，政事一委寧，日與僚屬杜亞、楊炎縱酒高會。乃表貞節為邛
州刺史，子琳為瀘州刺史，以和解之。……大曆三年來朝。寧本名旰，至是賜
名。楊子琳襲取成都。」（卷一百四十四，頁 4704-4705）

226 「桀」，文淵閣與文津閣本皆作「傑」（頁 269；19）。此外，《杜工部集》詩題作
〈相從歌贈嚴二別駕〉，詩並云「我行入東川，十步一迴首。成都亂罷氣蕭瑟，浣
花草堂亦何有。梓中豪俊大者誰，本州從事知名久」（卷五，頁 193-194）。

227 「〈草堂〉曰『昔我去草堂』」，古逸叢書本作〈草堂〉兩字（頁 48）。

228 「小」，分門集註本作「心」（頁 105）。

229 「麤」，文淵閣、文津閣與古逸叢書諸本皆作「麤」（頁 270；19；48）。

230 「收」，文淵閣、文津閣與古逸叢書諸本皆作「取」（頁 270；19；48）。

231 「榛」，古逸叢書本作「捄」（頁 48）。

232 「堞」，文淵閣與文津閣本皆作「屟」（頁 270；19）。此外，《杜工部集·草堂》作
「昔我去草堂，蠻夷塞成都。今我歸草堂，成都適無虞。請陳初亂時，反覆乃須
臾。大將赴朝廷，羣小起異圖。中宵斬白馬，盟欲氣已麤。西取卭南兵，北斷劍
閣隅。布衣數十人，亦擁專城居。即楊子琳、栢正節之徒。……賤子且奔走，
三年望東吳。弧矢暗江海，難為遊五湖。不忍竟舍此，復來薙榛蕪。入門四松
在，步堞萬竹疎」（卷五，頁 195-196）。

233 「云」，文淵閣、文津閣與古逸叢書諸本皆作「曰」（頁 270；19；48）。

234 「以」，文津閣本作「已」（頁 19），當誤。

曆三年入朝。寧本名旰，至是賜名。留其弟守成都。楊子琳乘間起瀘州，以精騎數千襲據其城。[235]寧妾任募勇士自將以進，子琳引去。[236]公厭蜀思吳下荊門，遂南下。夏，艤戎州，[237]燕戎州使君東樓、[238]渝州候嚴六侍御。[239]至忠州，有燕使君姪宅。[240]及夏，泊雲安。至〈十二月一日三首〉「今朝臘月春意動，雲安縣前江可憐」，公已不樂雲安，欲遷夔。趙傁以為：永泰元年四月嚴武卒，五月下忠、渝；大曆元年在雲安。與詩文皆差一年。高常侍，永泰元年正月卒。[241]公有〈聞高常侍亡〉，系云「忠州作」，[242]知公以永泰元年下渝、忠，但〈草堂〉所紀卻是嚴公薨後事，不敢妄定，姑從舊次。

大曆元年丙午。公年五十五[243]

題子規曰「峽裏雲安縣，江樓翼瓦齊」。[244]〈移居夔州郭〉曰「伏枕雲安縣，遷居白帝城。春知催柳別，江與放船清」。〈客居〉曰「西南

235 「数」，文淵閣、文津閣與古逸叢書諸本皆作「數」（頁 270；19；49）。

236 《新唐書‧崔寧傳》云：「大曆三年來朝。寧本名旰，至是賜名。」（卷一百四十四，頁 4705）又，《舊唐書‧崔寧傳》云：「寧入朝，留弟寬守成都。瀘州楊子琳乘間以精騎數千突入成都，據城守之。……。寧妾任氏魁偉果幹，乃出其家財十萬募勇士，信宿間得千人，設隊伍將校，手自麾兵，以逼子琳。子琳懼，城內糧盡，乃拔城自潰。」（卷一百一十七，頁 3402-3403）

237 「戎」，分門集註本作「戍」（頁 106），當誤。

238 《杜工部集》有〈宴戎州楊使君東樓〉詩（卷十四，頁 592）。

239 「渝」，分門集註本作「瑜」（頁 106），當誤。《杜工部集》有〈渝州候嚴六侍御不到先下峽〉詩（卷十四，頁 592）。

240 《杜工部集》有〈宴忠州使君姪宅〉詩（卷十四，頁 593）。

241 《舊唐書‧代宗本紀》「永泰元年正月」說：「乙卯，左散騎常侍高適卒。」（卷十一，頁 278）

242 《杜工部集》，卷十四，頁 593。

243 「公年五十五」，文津閣本作「公五十五」（頁 20）。

244 〈子規〉詩，見《杜工部集》，卷十四，頁 601。

失大將，商旅自星奔。今又降元戎，已聞動行軒」，此詩方及「失大將」、聞杜鴻漸出鎮，與《史》年亦差。暮春，遷居瀼西，有〈暮春題瀼西新賃草屋五首〉。[245]

大曆二年丁未。公年五十六

在夔州西閣，〈立春〉曰「巫峽寒江那對眼，杜陵遠客不勝悲」；[246]〈雨〉詩曰「冥冥甲子雨，已度立春時」，《資治通鑑》：大曆二年正月辛亥朔至十三日甲子，[247]諺云「春雨甲子，赤地千里」。[248]移居赤甲，有〈入宅〉、[249]〈赤甲〉二詩，曰「卜居赤甲遷居新，兩見巫山楚水春」。[250]三月，自赤甲遷居瀼西，有〈卜居〉、[251]〈暮春題瀼西新賃草屋五首〉。[252]秋，又移居東屯，[253]有〈自瀼西荊扉且移居東屯茅屋四首〉，[254]曰「東屯復瀼西，一種住青溪。來往皆茅屋，淹留為稻畦」。訖冬居夔。

---

245 「屋」，古逸叢書本作「堂」（頁 49）。此外，《杜工部集》詩題亦作〈暮春題瀼西新賃草屋五首〉（卷十四，頁 610）。

246 「曰」，分門集註及古逸叢書本皆作「日」（頁 108；49）；文津閣與文淵閣本皆作「日」（頁 270；20）。此外，《杜工部集》詩題亦作〈立春〉詩（卷十四，頁 601）。

247 「十三日」，分門集註本作「十三」（頁 108）。

248 「春雨甲子」，文淵閣、文津閣與古逸叢書諸本皆作「春甲子雨」（頁 270；20；50）。

249 《杜工部集》詩題作〈入宅三首〉詩（卷十四，頁 603）。

250 〈赤甲〉詩，見《杜工部集》，卷十四，頁 604。

251 「卜」，分門集註本作「小」（頁 108）；文淵閣、文津閣與古逸叢書諸本皆作「卜」（頁 270；20；50）。此外，《杜工部集》詩題作〈卜居〉詩（卷十六，頁 707）。

252 「草屋五首」，分門集註本作「草居五首」（頁 109）；古逸叢書本作「草屋」（頁 50）。

253 「秋，又移居東屯」，古逸叢書本作「東屯」（頁 50）。

254 「自」，分門集註本無此字（頁 109）。此外，《杜工部集》詩題亦作〈自瀼西荊扉且移居東屯茅屋四首〉詩（卷十六，頁 718）。

大曆三年戊申。公年五十七

〈太歲日〉曰「楚岸行將老，巫山坐復春」。時第五弟漂泊江左，近得消息。[255]〈遠懷穎、觀等〉曰「陽翟空知處，荊南近得書」。[256]〈正月中旬定出三峽〉曰「自汝到荊府，書來數喚吾。頌椒涼風詠，禁火卜懽娛」。[257]公因觀在荊、陽，[258]遂發棹，有〈將別巫峽贈南卿兄瀼西果園四十畝〉曰「正月喧鶯末，茲辰放鷁初」。[259]夏，有〈和江陵宋大少府雨後同諸公及舍弟宴書齋〉。[260]秋，又不安於荊南，〈舟中出南浦，奉寄鄭少尹〉曰「更欲投何處，飄然去此都」。[261]是秋，移居公安，荊南屬邑，府南九十里。復東下，〈發劉郎浦，《十道志》：在荊州。〉曰「掛帆早發劉郎浦，疾風飄飄昏亭午」。[262]〈曉發公安〉，系云：數月憩息此縣。[263]〈泊岳陽城下，巴陵郡〉曰「岸風翻夕浪，舟

---

255 「得」，文淵閣、文津閣與古逸叢書諸本皆作「無」（頁 271；20；50）。

256 《杜工部集》詩題作〈遠懷舍弟穎、觀等〉詩（卷十七，頁 746）。

257 「涼」，文淵閣、文津閣與古逸叢書諸本皆作「添」（頁 271；20；50）；「懽」，文淵閣、文津閣與古逸叢書諸本皆作「歡」（頁 271；20；50）。《杜詩詳注》詩題作〈續得觀書迎就當陽居止正月中旬定出三峽〉詩，詩並云「自汝到荊府，書來數喚吾。頌椒添諷詠，禁火卜歡娛」（卷二十一，頁 1852）。

258 「陽」，分門集註本作「楊」（頁 109）；文淵閣、文津閣與古逸叢書諸本皆作「陽」（頁 271；20；50）。

259 「卿」，文淵閣、文津閣與古逸叢書諸本皆作「鄉」（頁 271；20；50）。《杜詩詳注》詩題作〈將別巫峽贈南卿（一作鄉）兄瀼西果園四十畝〉（卷二十一，頁 1862）。

260 《杜詩詳注》詩題作〈和江陵宋大少府暮春雨後同諸公及舍弟宴書齋〉詩（卷二十一，頁 1882）。

261 「尹」，古逸叢書本作「君」（頁 50）。此外，《杜工部集》詩題作〈舟中出江陵南浦，奉寄鄭少尹審〉詩（卷十七，頁 762）。

262 「掛」，分門集註本作「挂」（頁 110）；文淵閣、文津閣與古逸叢書諸本皆作「挂」（頁 271；20；50）。〈發劉郎浦〉詩作「挂帆早發劉郎浦，疾風颯颯昏亭午」（《杜工部集》，卷八，頁 324-325）。

263 「息」，文津閣本作「自」（20），當誤。此外，《杜工部集》詩題作〈曉發公安，數月憩息此縣〉（卷十八，頁 779）。《錢牧齋先生箋註杜詩》詩題作〈曉發公安，

雪洒寒燈」，[264]則冬至岳陽矣。[265]

大曆四年己酉。公年五十八

〈陪裴使君登岳陽樓〉曰「雪岸叢梅發，春泥百草生。敢違漁父問，從此更南征」。公將適潭，《詩譜》云：此年春，自岳陽至潭，遂如衡，畏熱，復迴；夏，將如襄陽；秋，將歸秦，皆不果，卒留潭，自是率舟居。〈詠懷〉及〈上水遣懷〉及〈銅官渚守風〉皆自岳陽入潭時作，[266]蓋自岳之潭之衡，為上水，而自衡回潭，為順水。[267]詩皆可考。

五年庚戌。公年五十九

春，去潭至衡，〈清明〉曰「著處繁華憐是日，長沙千人萬人出」，則公在潭。至夏，湖南兵馬使臧玠殺其團練使崔瓘。[268]又，是歲，湖南將王國良反，及西原蠻寇州縣，[269]故公益南至衡山縣，〈謁文宣新學堂呈陸宰〉及〈入衡州〉備述臧玠等亂，[270]末云「橘井舊地宅，仙山

題下原注為「數月憩息此縣」（卷十八，頁1101）。

264 「翻」，文淵閣、文津閣與古逸叢書諸本皆作「翩」（頁271；20；50）。「洒」，文淵閣、文津閣與古逸叢書諸本皆作「灑」（頁271；20；50）。

265 「至」，文淵閣、文津閣與古逸叢書諸本皆作「在」（頁271；20；50）。

266 《杜工部集》詩題作〈詠懷二首〉詩（卷八，頁336）。

267 《杜詩詳注》說：「趙子櫟《年譜》：自岳之潭之衡，為上水。自衡回潭，為下水。」（卷二十二，頁1957）

268 「瓘」，分門集註、文淵閣與文津閣諸本皆作「灌」（頁111；271；21）；古逸叢書本作「瓖」（頁51）。

269 「蠻」，古逸叢書本作「蛮」（頁51）。《新唐書·代宗本紀》「大曆五年」下說：「是歲，湖南將王國良反，及西原蠻寇州縣。」（卷六，頁175）

270 〈題衡山縣文宣王廟新學堂呈陸宰〉有「何必三年徒，始壓戎馬氣。……。耳聞讀書聲，殺伐災髣髴」諸句（《杜工部集》，卷八，頁348）。〈入衡州〉則有「元惡迷是似，聚謀洩康莊。竟流帳下血，大降湖南殃」諸句（《杜工部集》，卷八，頁

引舟航。此行厭暑雨，厥土聞清凉。諸舅剖符近，開緘書札光」，[271]「橘井」在郴州；「諸舅」謂崔偉，前有〈送二十三舅錄事之攝郴州〉詩。[272]公將往依焉。公又至耒陽，州東南，遊岳祠，大水遽至，涉旬不得食，聶耒陽以公阻水，致酒肉，療飢荒江。詩得代懷，興盡本韻，[273]至縣呈聶令，[274]《傳》云：「令嘗饋牛炙白酒，大醉，一夕卒。」[275]王彥輔辨之為詳。[276]以詩考之，公在耒陽，[277]畏瘴癘，是夏，賊當已平，乃沿湘而下，故〈迴棹〉之什曰「衡岳江湖大，蒸池疫癘偏」。[278]羅含《湘中記》：[279]烝水注湘。[280]又「順浪翻堪倚，回帆又省牽」；[281]〈登舟將適漢陽〉曰「春宅棄汝去，秋帆催客歸」；又，

349）。

[271] 「剖」，文淵閣、文津閣與古逸叢書諸本皆作「割」（頁 271；21；51）。諸語為〈入衡州〉詩句（頁 351）。

[272] 「攝」，分門集註、文淵閣與古逸叢書諸本皆作「楊」（頁 111；271；21）；文津閣本作「攝」（頁 21）。《杜工部集》詩題作〈奉送二十三舅錄事之攝郴州崔偉〉詩（卷十八，頁 800），此作「攝」，不作「楊」字。又，黃鶴《年譜》「大曆五年庚戌」下說：「魯《譜》謂：『諸舅』為崔偉，前有〈送二十三舅錄事攝郴州〉詩。」據此，黃鶴所見魯《譜》當作「攝」字，非「楊」字。

[273] 「興盡」，古逸叢書本作「興未盡」（頁 51），「未」當為衍字。

[274] 《杜詩詳注》有〈聶耒陽以僕阻水，書致酒肉，療饑荒江。詩得代懷，興盡本韻，至縣呈聶令。陸路去方田驛四十里，舟行一日。時屬江漲，泊於方田〉詩（卷二十三，頁 2081）。

[275] 「一夕卒」，文津閣本作「一夕」（頁 21），當奪「卒」字。此外，《新唐書・杜甫傳》說：「令嘗饋牛炙白酒，大醉，一昔卒。」（卷二百一，頁 5738）

[276] 「辨」，文淵閣、文津閣本與古逸叢書諸本皆作「辯」（頁 272；21；51）。

[277] 「公在耒陽」，文津閣本作「公尚在耒陽」（頁 21）。

[278] 《杜工部集》詩題作〈迴棹〉詩（卷十八，頁 785）。

[279] 《湘中記》，古逸叢書本作《湘水記》（頁 51）。

[280] 「烝水注湘」，古逸叢書本作「烝水注湘」（頁 51）；分門集註本作「蒸水注所」（頁 112）；文淵閣與文津閣皆作「蒸水注湘」（頁 272；21）。晉・羅含《湘中記》云「……有烝水……皆注湘」，見清・王謨輯：《漢唐地理書鈔》（北京：中華書局，2006 年），頁 430。

[281] 〈迴棹〉詩句。

〈暮秋將歸秦，留別湖南幕府親友〉，則秋已還潭。暮秋北首，其卒當在潭岳之間、[282]秋冬之交。元微之〈誌〉云：「子美之孫嗣業，啟子美之枢，襄祔事於偃師，途次于荊，……，拜余為誌。辭不能絕。」其略云「扁舟下荊楚，竟以寓卒，旅殯岳陽」。[283]呂汲公《年譜》云：「大曆五年辛亥，……，是年夏，還襄漢，卒於岳陽。」[284]以詩考之，大略可見。〈傳〉言「卒於耒陽」，[285]非也；汲公云「是夏」，亦非也。今《九域志》：衡州有公墓。[286]又未知信然，或附會邪？

---

282 「潭岳」，分門集註本作「衡岳」（頁 112）；文淵閣、文津閣與古逸叢書諸本皆作「潭岳」（頁 272；21；51）。據前後文意，作「衡岳」兩字當誤，當作「潭岳」。此外，黃鶴《年譜》「大曆五年」下說：「魯《譜》云：『其卒當在衡岳之間、秋冬之交。』衡在潭之上流，與岳不相鄰，舟行必經潭，然後至岳。當云『在潭岳之間』。」

283 〈唐故檢校工部員外郎杜君墓係銘〉，見《杜工部集》，卷二十，頁 893。

284 「辛亥」，文淵閣與文津閣本皆作「庚戌」（頁 272；21），然分門集註與古逸叢書本皆作「辛亥」（頁 112；52）。此外，呂大防《年譜》說：「大曆五年辛亥。有〈追酬高適人日〉詩。是年夏，甫還襄漢，卒於岳陽。」依此，當以分門集註與古逸叢書兩本為主。

285 《舊唐書‧杜甫傳》說：「卒於耒陽。」（卷一百九十下，頁 5055）

286 《元豐九域志》（北京：中華書局，2005 年）「衡州」下有「杜甫墓」（附錄，卷六，頁 643）。

黃鶴《杜工部詩年譜》

黃鶴傳略

　　黃鶴，黃希之子。鶴字叔似，自號牧隱，曾著《北窻寓言》。《宜黃縣志》曾云：「黃希，字仲得，一字夢得，待賢鄉姑川人。……。晚年詩宗少陵，有《補註杜詩》，搜剔隱微，皆前人所未到，書未成而卒。子鶴，復增益之，重定《年譜》，名曰《黃氏補註杜詩》，今行於世。鶴字叔似，自號牧隱，有集名《北窻寓言》。」[1]黃鶴著有杜甫年譜，題作《杜工部詩年諸》、《杜工部年譜》與《年譜辨疑》等等。仇兆鰲曾說：「宋人作少陵年譜，其傳世者，有呂大防、蔡興宗、魯訔、趙子櫟、黃鶴數家。」[2]黃鶴所著《年譜》跋於宋寧宗嘉定九年丙子（西元1216年），〈（年譜辨疑）後序〉有「嘉定丙子三月望日臨川黃鶴書」諸字。

　　本編校注以《集千家註分類杜工部詩》所附「杜工部詩年譜」為底本，[3]並參校《北京圖書館藏珍本年譜叢刊》所附「杜工部年譜」（明刻本）、[4]《文淵閣四庫全書》影印本（簡稱文淵閣本）所附「年譜辨疑」。[5]

1　清・張興言等修，謝煌等纂：《江西省宜黃縣志》（臺北：成文出版社有限公司，1989 年），見《中國方志叢書・華中地方・第七九一號》，據清・同治十年刊本影印，頁 1418-1419。

2　《杜詩詳注》，「杜工部年譜」，頁 19。

3　黃鶴：《杜工部詩年譜》，見《集千家註分類杜工部詩》（臺北：臺灣大通書局，1974 年），頁 107-138。以下簡稱《集千家註》。

4　黃鶴：《杜工部年譜》，見《北京圖書館藏珍本年譜叢刊》（北京：北京圖書館出版社，1999 年），第 9 冊，頁 665-724。

5　黃鶴：《年譜辨疑》，見《文淵閣四庫全書》（臺北：臺灣商務印書館，1975 年），第 1069 冊，頁 16-31。

杜工部詩年譜[1]

臨川黃鶴撰[2]

先生姓杜氏，名甫，字子美，本襄陽人，後徙河南鞏縣。按《唐・宰相世系表》：襄陽杜氏出自晉當陽侯預少子尹，[3]字世甫，晉弘農太守。二子：綝、弼。綝字弘固，奉朝請。生襲，襲生標。標生冲，冲生洪泰。二子：祖、顗。顗生景仲。[4]而先生作〈萬年縣君京兆杜氏墓誌〉云：曾祖某，隋河內郡司功參軍、獲嘉縣令。王父依藝，皇監察御史、洛陽鞏縣令。考審言，修文館學士、尚書膳部員外郎。[5]《舊史・杜易簡傳》云：易簡，襄陽人，周硤州刺史叔毗曾孫。從祖弟審言。次子閑。閑生甫。[6]又，〈杜甫傳〉云：曾祖依藝，終鞏令。祖審言，終膳部員外郎。父閑，終奉天令。[7]元微之〈誌〉云：晉當

---

1 「杜工部詩年譜」，明刻本作「杜工部年譜」（頁 665）；文淵閣本作「年譜辨疑」（頁 16）。

2 「臨川黃鶴撰」，文淵閣本無此諸字（頁 16）。

3 「侯」，明刻本作「矦」（頁 665）。

4 《新唐書・宰相世系表》：「襄陽杜氏出自當陽侯預少子尹，字世甫，晉弘農太守。二子：綝、弼。綝字弘固，奉朝請。生襲，……。襲生標，……。生冲，……。生洪泰，……。二子：祖悅、顗。」（卷七十二上，頁 2423）

5 〈唐故萬年縣君京兆杜氏墓誌〉說：「曾祖某，隋河內郡司功、獲嘉縣令。王父某，皇監察御史、洛州鞏縣令。……考某，修文館學士、尚書膳部員外郎。」（《杜工部集》，卷二十，頁 881）

6 《舊唐書・杜易簡傳》云：「杜易簡，襄州襄陽人，周硤州刺史叔毗曾孫也。……易簡從祖弟審言。」（卷一百九十上，頁 4998-4999）《舊唐書・杜審言傳》云：「次子閑。閑子甫。」（卷一百九十上，頁 5000）

7 《舊唐書・杜甫傳》說：「曾祖依藝，位終鞏令。祖審言，位終膳部員外郎，……。父閑，終奉天令。」（卷一百九十下，頁 5054）

陽侯，下十世而生依藝。[8]然則，自杜尹至先生為十三世，故先生〈酹遠祖晉鎮南將軍文〉云「十三葉孫」。[9]又，先生有〈示從孫濟〉、〈寄從孫崇簡〉、〈示姪佐〉、〈因示從弟行軍司馬位〉詩，[10]而濟、崇簡、佐、位，皆出景仲下，意叔毗與景仲為兄弟，易簡、審言出叔毗下，獲嘉即叔毗之子，是為先生高祖。

睿宗先天元年壬子

先生生於是年。蔡興宗引元微之〈墓誌〉、王原叔〈集記〉；魯訔引《唐書·列傳》，皆云：先生年五十九歲。卒於大曆五年。[11]則當生於是年。魯又引公上〈大禮賦表〉云「臣生陛下淳樸之俗，行四十載矣」。天寶十載奏賦，年三十九，逆數公今年生。呂汲公云：公生「先天元年癸丑」，天寶十三載奏賦。若果十三載奏賦，則先生四十三歲矣。[12]梁經祖《集譜》亦云：十三載奏賦。今考《通鑑》、《唐·宰相表》及〈酹遠祖文〉，以開元二十九年為辛巳。[13]〈祭房公文〉以

8　〈唐故檢校工部員外郎杜君墓係銘〉作「晉當陽成侯姓杜氏，下十世而生依藝」（《杜工部集》，卷二十，頁 893）。

9　《杜工部集》題作〈祭遠祖當陽君文〉（「杜集補遺」，頁 900）。

10　《九家集註杜詩》詩題作〈奉送蜀州柏二別駕將中丞命赴江陵，起居衛尚書太夫人，因示從弟行軍司馬位〉（卷三十二，頁 2315）。

11　「曆」，文淵閣本作「歷」（頁 17）。蔡興宗《年譜》「玄宗先天元年壬子」下說：「元微之撰〈墓係〉云『享年五十九』；王原叔〈集記〉云：卒於大曆五年。」魯訔《年譜》「睿宗先天元年壬子」下說：「桉公〈志〉及〈傳〉皆云：年五十九。卒於大曆五年辛亥……。」

12　魯訔《年譜》「睿宗先天元年壬子」下說：「公上〈大禮賦〉，云『臣生陛下淳樸之俗，行四十載』。公天寶十載奏賦，年三十有九，逆算公今年生。呂汲公攷公生『先天元年癸丑』，天寶十三載奏賦。若十三載，公當四十三歲矣。」

13　《新唐書·宰相表》有「（開元）二十九年辛巳」之語（卷六十二，頁 1690）。〈祭遠祖當陽君文〉亦有「維開元二十九年歲次辛巳月日」一語（《杜工部集》，頁 900）。

廣德元年為癸卯，[14]則先天元年為壬子無疑。如魯謂十載奏賦，[15]則
是年辛卯，恰四十歲，不可謂之年三十九，何以〈表〉謂之「行四十
載」？案：〈朝獻太清宮賦〉首云「冬十一月，天子納處士之議」，又
云「明年孟陬，將擴大禮」，[16]則是九載庚寅預獻賦，故年三十九，
〈表〉宜云「行四十載」。又按：《舊史》「天寶十載」云：「是秋，霖
雨積旬，墻屋多壞，西京尤甚。」[17]公作〈秋述〉云：「秋，杜子臥病
長安旅次，多雨生魚，青苔及榻。」又云：「我，弃物也。四十無
位。」[18]則是十載年四十，其生於是年又無疑。

先天二年癸丑，改開元元年

是年八月，明皇即位；改元開元。[19]楊經祖《集譜》云：[20]先天元年
壬子八月玄宗即位，非。

開元二年甲寅

14　〈祭故相國清河房公文〉有「維唐廣德元年，歲次癸卯」（《杜工部集》，卷二十，
　　頁 864）。

15　魯訔《年譜》「十載辛卯」下說：「公奏〈三大禮賦〉。」

16　〈朝獻太清宮賦〉云：「冬十有一月，天子既納處士之議，……。明年孟陬，將擴
　　大禮以相籍。」（《杜工部集》，卷十九，頁 809）

17　「墻」，明刻本作「牆」（頁 669）。《舊唐書・玄宗本紀》「天寶十載」下說：「是
　　秋，霖雨積旬，牆屋多壞，西京尤甚。」（卷九，頁 225）

18　〈秋述〉說：「秋，杜子臥病長安旅次，多雨生魚，青苔及榻。……。我，棄物
　　也，四十無位。」（《杜工部集》，卷十九，頁 851-852）

19　玄宗即位乃在西元 712 年八月，並改元先天，而非黃鶴所云先天二年八月即位。
　　《資治通鑑》「玄宗先天元年（712）」下即曾說：「八月，庚子，玄宗即位。……。
　　甲辰，赦天下，改元。」（卷二百一十，頁 6674-6675）

20　「楊」，集千家註與文淵閣本作「揚」（頁 109；17）；明刻本作「楊」（頁 669）。

開元三年乙卯

先生在郾城。〈觀公孫弟子舞劍行序〉云：「開元三年，余尚童稚，記於郾城，觀公孫氏舞劍器。」[21]呂《譜》云：是年纔四歲，年必有誤。[22]案：先生〈壯遊〉詩云「七齡思即壯，開口詠鳳皇」，以七歲能詩，則四歲而記事，非不能矣。魯《譜》引〈進鵰賦表〉中語為證，[23]亦是。

開元四年丙辰

開元五年丁巳

開元六年戊午

是年，先生七歲。〈壯遊〉詩云「七齡思即壯，開口詠鳳皇」，則自是年能詩矣，故〈進鵰賦表〉云「臣素賴先人緒業，自七歲所綴詩筆，向四十載矣，約千有餘篇」。[24]今所存纔十一，王原叔〈集記〉云「千四百有五篇」者，[25]多是後來所作。

開元七年己未

---

21 「劍」，文淵閣本作「劍」（頁 17）。《杜工部集》詩題作〈觀公孫大娘弟子舞劍器行并序〉（卷七，頁 275-276）。

22 呂大防《年譜》「開元三年」下說：「按：甫是年纔四歲，年必有誤。」

23 魯訔《年譜》「開元三年」下云：「公〈進鵰賦表〉云：『臣素賴先人緒業，自七歲所綴詩筆，向四十載矣，約千有餘篇。』則能憶四歲時事，不為誤也。」

24 〈進鵰賦表〉作「臣幸賴先臣緒業」云云（《杜工部集》，卷十九，頁 835）。

25 《杜工部集》，頁 3。

開元八年庚申

是年，先生九歲。〈壯遊〉詩云「九齡書大字，有作成一囊」。

開元九年辛酉

開元十年壬戌

開元十一年癸亥

開元十二年甲子

開元十三年乙丑

是年，先生十四歲。〈壯遊〉詩云「往昔十四五，出遊翰墨場」。[26]

開元十四年丙寅

是年，先生十五歲。出遊選場，「崔鄭州尚、魏豫州啟心」稱之，故
〈壯遊〉詩云「斯文崔魏徒，以我似班揚」。[27]

開元十五年丁卯

開元十六年戊辰

---

26 「往昔十四五」，《杜工部集・壯遊》作「往者十四五」（卷六，頁237）。

27 〈壯遊〉「斯文崔魏徒」句下並有原注「崔，鄭州尚；魏，豫州啟心」諸字，見
　《杜工部集》，卷六，頁237。

開元十七年己巳

先生乾元元年戊戌有〈因許八寄江寧旻上人〉，[28]詩云「不見旻公三十年」。旻，江寧僧也。逆數其年，則遊吳越，[29]至江寧，當在是年。然上〈大禮賦表〉云「浪跡於陛下豐草長林，實自弱冠之年」，[30]則十九年辛未，公方二十歲，當以〈表〉為是，詩特舉成數而言耳。

開元十八年庚午

開元十九年辛未

是年，先生二十歲。以〈進大禮賦表〉所云，則遊吳越，當起於今。自是下姑蘇，渡會稽，數年方歸。

開元二十年壬申

開元二十一年癸酉

開元二十二年甲戌

是年，先生自越歸，赴鄉舉，故云「歸帆拂天姥，中歲貢舊鄉」。[31]〈上韋左丞〉詩云「甫昔少年日，早充觀國賓」，[32]是年，方二十三歲，宜謂「少年」矣。

---

28 《杜工部集》詩題作〈因許八奉寄江寧旻上人〉（卷十，頁 426）。

29 「吳越」，集千家註、明刻本與文淵閣本皆作「旻越」（頁 111；673；18），此當為「吳越」之誤，據黃鶴《年譜》「開元十九年辛未」下記載：「以〈進大禮賦表〉所云，則遊吳越，當起於今。」則「旻越」為誤，據此改。

30 《杜工部集》題作〈進三大禮賦表〉（卷十九，頁 808）。

31 〈壯遊〉詩。

32 《杜工部集》詩題作〈奉贈韋左丞丈二十二韻〉（卷一，頁 9）。

開元二十三年乙亥

是年，先生下第。明年春，以禮部侍郎掌貢舉，則謂之「忤下考功第」，當在今年。蓋唐制年年貢士也。案〈選舉志〉：「每歲仲冬，州、縣、館、監舉其成者送之尚書省。」[33]《舊史》云「天寶初，應進士不第」，[34]非。

開元二十四年丙子

案《舊史》：「是年三月乙未，始移考功貢舉，遣禮部侍郎掌之。」[35]《新史・選舉志》云：「二十四年，考功員外郎李昂為舉人詆訶，帝以員外郎望輕，遂移貢舉於禮部，以侍郎主之。禮部選士自此始。」[36]魯《譜》謂「開元二十六年戊寅春，……，徙禮部，以春官侍郎主之」，[37]不知何據而云？〈壯遊〉詩云「忤下考功第，拜辭京尹堂。放蕩齊趙間，裘馬頗清狂」，則下第必在是年之前，遊齊、趙必在是年之後。詩又云「快意八九載，西歸到咸陽」，[38]而先生天寶五載歸京師應詔，故遊齊、趙當在今年後。又，大曆五年〈酬寇十侍御〉云「往別郇瑕地，于今四十年」，[39]自今年至大曆五年，雖方三十五年，亦舉

---

33 《新唐書・選舉志》說：「每歲仲冬，州、縣、館、監舉其成者送之尚書省。」（卷四十四，頁 1161）

34 「應」，明刻本作「舉」（頁 676）。《舊唐書・杜甫傳》說：「甫天寶初，應進士不第。」（卷一百九十下，頁 5054）

35 《舊唐書・玄宗本紀》「開元二十四年」下說：「三月乙未，始移考功貢舉，遣禮部侍郎掌之。」（卷八，頁 203）

36 《新唐書・選舉志》說：「二十四年，考功員外郎李昂為舉人詆訶，帝以員外郎望輕，遂移貢舉於禮部，以侍郎主之。禮部選士自此始。」（卷四十四，頁 1164）

37 魯訔《年譜》「開元二十五年」下說：「開元二十六年戊寅春，以考功郎輕，徙禮部，以春官侍郎主之。」

38 〈壯遊〉詩。

39 《杜工部集》詩題作〈奉酬寇十侍御錫見寄四韻復寄寇〉（卷十八，頁 805）。

成數而言也。

開元二十五年丁丑

先生遊齊趙。案《新史》：嘗從李白及高適過汴州，酒酣登吹臺，慷慨懷古。[40]蓋白家於任城，適以家貧客梁、宋，以求丐取給，故先生與之定交。〈遣懷〉詩所謂「憶與高李輩，論交入酒壚。兩公壯藻思，得我色敷腴」，是也。其登吹臺，雖未定何年，然必在是年後。又云「先帝正好武，寰海未彫枯。猛將收西域，長戟破林胡」，[41]則先生登吹臺時，明皇正有事於西戎。考《通鑑》：開元二十五年，崔希逸自涼州南入吐蕃境二千餘里，至青海西，大破之；[42]二十六年春，杜希望攻吐蕃新城，拔之，以其地為威戎軍，[43]蓋其時也。

開元二十六年戊寅

開元二十七年己卯

開元二十八年庚辰

開元二十九年辛巳

是年，先生在河南有祭遠祖晉鎮南將軍于洛之首陽。又有〈冬日懷李

---

40 《新唐書·杜甫傳》說：「嘗從白及高適過汴州，酒酣登吹臺，慷慨懷古，人莫測也。」（卷二百一，頁 5738）

41 《杜工部集》，卷七，頁 307。

42 《資治通鑑》「開元二十五年」下說：「（崔希逸）發兵自涼州南入吐蕃二千餘里，至青海西，與吐蕃戰，大破之。」（卷二百一十四，頁 6827）

43 《資治通鑑》，卷二百一十四，頁 6832。

白〉詩。[44]案〈李白傳〉云：白天寶初，客遊會稽。[45]則與先生別，
當在今年，故詩有「未因乘興去」之句。[46]

天寶元年壬午

是年，先生在河南，為萬年縣君京兆杜氏作〈誌〉。萬年，先生之姑
也，即范陽太君，〈誌〉所謂適裴榮期者。案〈誌〉云：天寶元年六
月二十九日，遷殯于河南縣平樂鄉。有兄子甫，紀德於斯，刻石於
斯。[47]又有詩題云〈天寶初，南曹小司寇於我太夫人堂下壘土為山〉，[48]
而詩云「惟南將獻壽」，其曰「太夫人」者，豈非先生指祖母范陽太
君盧氏而言，若以為先生之母，則此後不聞先生有變棘之憂。或謂先
生之母微，故〈誌〉、《史》不言介婦有崔氏。然先生何為有與諸舅
詩，又皆秀而仕者。〈京兆誌〉又云：甫昔臥病於我諸姑，姑之子久
病，女巫至，曰：「處楹之東南隅吉。」姑遂易子之地以安我。我是
用存，而銘之為義姑。[49]蓋先生之母早亡，乃育於姑，而至於有成也。

44　《杜工部集》詩題作〈冬日有懷李白〉（卷九，頁 388）。

45　《舊唐書・李白傳》說：「天寶初，客遊會稽，與道士吳筠隱於剡中。」（卷一百九
　　十下，頁 5053）

46　〈冬日有懷李白〉詩。

47　〈唐故萬年縣君京兆杜氏墓誌〉說：「天寶元年某月八日，終堂于東京仁風里，春
　　秋若干，示諸生滅相。越六月二十九日，遷殯於河南縣平樂鄉之原，禮也。……。
　　有兄子曰甫，制服於斯，紀德於斯，刻石於斯。」（《杜工部集》，卷二十，頁 884-
　　885）

48　《杜工部集》詩題作〈天寶初，南曹小司寇舅於我太夫人堂下壘土為山，一匱盈
　　尺，以代彼朽木，承諸焚香瓷甌，甌甚安矣。旁植慈竹，蓋茲數峯，嶔岑嬋娟，宛
　　有塵外數致。乃不知興之所至，而作是詩〉（卷九，頁 375）。

49　〈唐故萬年縣君京兆杜氏墓誌〉說：「甫昔臥病於我諸姑，姑之子又病，間女巫
　　至，曰：『處楹之東南隅者吉。』姑遂易子之地以安我。我是用存，而姑之子卒，
　　後乃知之於走使。甫嘗有說於人，客將出涕，感者久之，相與定諡曰義。……。有
　　唐義姑，京兆杜氏之墓。」（《杜工部集》，卷二十，頁 885-886）

天寶二年癸未

是年，先生在河南。

天寶三載。是年正月甲申，改年為載[50]

是年，五月五日先生祖母范陽太君盧氏卒於陳留之私第。審言前娶薛，再盧氏也。[51]八月旬有六日，葬于河南之偃師。先生作〈誌〉云「某等遭內艱」云云，[52]當是代叔父作。而〈誌〉又云：薛氏所生子，適曰某，故朝議大夫。次曰并，幼卒，報復父讐，國史有傳。次曰專，歷開約尉，先是不祿。[53]而不及先生之父閑為奉天令，何也？若以為是時閑猶無恙，〈誌〉代其作，此後又不聞先生居父喪。且并年十三歲，死宜無婦。而〈誌〉：冢婦盧氏、介婦鄭氏、魏氏、王氏。[54]則是四婦，而所載子，何為與并止四人？則云某等遭閔凶，又似指父名而言；而鄭氏即先生之正母，更俟博考。陳子昂〈祭審言文〉在景隆二年，[55]則審言卒後四年先生始生，三十七年盧氏始卒，第未詳閑以何年卒也。

---

50 《新唐書・玄宗本紀》說：「（天寶）三載正月丙申，改年為載。」（卷五，頁 144）此外，《資治通鑑》「天寶三載」下亦云：「春，正月，丙申朔，改年為載。」（卷二百一十五，頁 6859）

51 「審言前娶薛，再盧氏也」，明刻本無此諸字（頁 682）。

52 〈唐故范陽太君盧氏墓誌〉作「而某等凤遭內艱」（《杜工部集》，卷二十，頁 888）。

53 〈唐故范陽太君盧氏墓誌〉說：「薛氏所生子，適曰某，故朝議大夫、兗州司馬。次曰升，幼卒，報復父讐，國史有傳。次曰專，歷開封尉，先是不祿。」（《杜工部集》，卷二十，頁 888）

54 〈唐故范陽太君盧氏墓誌〉作「冢婦同郡盧氏、介婦榮陽鄭氏、鉅鹿魏氏、京兆王氏」（《杜工部集》，卷二十，頁 889）。

55 宋之問〈祭杜學士審言文〉說：「維大唐景龍二年歲次戊申月日，考功員外郎宋之問，謹以清酌之奠，敬祭於故修文館學士杜君之靈。」見《全唐文》（北京：中華書局，2001 年），卷二四一，頁 2442。

天寶四載乙酉

是年夏，先生在齊州，有〈陪李北海宴歷下亭〉詩。[56]為開元皇帝皇甫淑妃作墓碑云：公主戚然謂左右，曰「自我之西，歲陽載紀」云云，於是下教有司，爰度碑版。[57]案《爾雅》：自甲至癸，為歲之陽。妃以開元二十三年乙亥十月癸未朔薨，其月二十七日，葬于河南縣龍門之西北原，[58]故至今年乙酉，[59]為「歲陽載紀」矣。公主即臨晉公主，下嫁滎陽鄭潛曜，[60]鄭有園亭在河南新安縣，先生嘗遊之，故〈碑〉云：忝鄭莊之賓客，遊竇主之園林。[61]又有〈鄭駙馬宅宴洞中〉詩、〈重題鄭氏東亭〉詩，[62]詩當作於天寶二、三年間。

---

56 黃鶴於〈陪李北海宴歷下亭〉題下注云：「歷下，在齊州，以有歷山故得名。……此詩當作於天寶四載。」（《補注杜詩》，卷一，頁 46）

57 「版」，集千家註本作「板」（頁 117）。〈唐故德儀贈淑妃皇甫氏神道碑〉說：「公主禮承於訓，孝自於心，霜露之感形于顏色，享祀之數缺於洒掃，嘗戚然謂左右曰：自我之西，歲陽載紀。……。於是下教邑司，爰度碑版。」（《杜工部集》，卷二十，頁 878-879）

58 〈唐故德儀贈淑妃皇甫氏神道碑〉說：「以開元二十三年歲次乙亥十月癸未朔，薨于東京某宮院，春秋四十有二。……厥初權殯於崇政里之公宅，後詔以其月二十七日己酉，卜葬于河南縣龍門之西北原，禮也。」（《杜工部集》，卷二十，頁 877）

59 「酉」，文淵閣本作「酉」（頁 21）；集千家註與明刻本皆作「亥」（頁 117；684）。此外，《杜詩詳注》亦曾云：「黃鶴曰：碑云『自我之西，歲陽載紀』。按《爾雅》，自甲至癸，為歲之陽。妃以開元二十三年乙亥薨，至天寶四載乙酉，為歲陽載紀矣，碑當立於是年也。」（卷二十五，頁 2221）

60 〈唐故德儀贈淑妃皇甫氏神道碑〉說：「有女曰臨晉公主，出降代國長公主子滎陽潛曜。」（《杜工部集》，卷二十，頁 878）

61 〈唐故德儀贈淑妃皇甫氏神道碑〉說：「甫忝鄭莊之賓客，遊竇主之園林。」（《杜工部集》，卷二十，頁 879）

62 〈重題鄭氏東亭〉詩題下有原注：「在新安界。」（《杜工部集》，卷九，頁 374）黃鶴於〈重題鄭氏東亭〉詩題下云：「新安縣，在河南府。當是公天寶三年在東都作。」（《補注杜詩》，卷十七，頁 335）

天寶五載丙戌

是年，先生以天子詔天下有一藝詣轂下，遂西歸應詔。有〈行次昭陵〉詩云「幽人拜鼎湖」；有〈今夕行〉云「咸陽客舍無一事」，乃西歸時詩。[63]蔡《譜》云：是年，有〈飲中八仙歌〉。[64]徒以李適之四月罷政，及先生西歸而云。案《史》：李白嘗侍帝，醉，使高力士脫靴。力士素貴，恥之，摘其詩以激楊貴妃，[65]帝欲官白，妃輒沮止。白自知不為親近所容，益騖放不自脩，[66]與賀知章、李適之、汝陽王璡、崔宗之、蘇晉、張旭、焦遂為「酒八仙人」。[67]而賀知章以天寶三載去國，白亦還山。凡〈歌〉所言，皆天寶二、三年事，意是天寶六、七載從汝陽王遊時，為王作也。〈壯遊〉詩云「賞遊實賢王」，蓋在西歸咸陽之後。

---

63 黃鶴於〈行次昭陵〉題下注云：「當是天寶五年，自東都歸長安時作。」（《補注杜詩》，卷十七，頁 324）又，黃鶴於〈今夕行〉題下注云：「以『咸陽客舍一事無』，當是天寶五載自齊、趙西歸，至咸陽時作。」（《補注杜詩》，卷一，頁 49）

64 蔡興宗《年譜》「天寶五載丙戌」下云：「有〈飲中八仙歌〉，略曰『左相日興費萬錢，飲如長鯨吸百川，銜盃樂聖稱避賢』。按《唐史》：是歲四月，李適之自左相罷政。七月，坐韋堅累，貶宜春太守。明年正月，自殺。適之嘗賦詩云『避賢初罷相，樂聖且銜盃』。」

65 「楊」，集千家註本作「揚」（頁 118）。

66 「脩」，明刻本作「修」（頁 686）。

67 「晉」，集千家註與文淵閣本皆作「進」（頁 118；21）；明刻本作「晉」（頁 686）。《新唐書‧李白傳》說：「白嘗侍帝，醉，使高力士脫靴。力士素貴，恥之，摘其詩以激楊貴妃，帝欲官白，妃輒沮止。白自知不為親近所容，益騖放不自脩，與知章、李適之、汝陽王璡、崔宗之、蘇晉、張旭、焦遂為『酒八仙人』。懇求還山，帝賜金放還。」（卷二百二，頁 5763）黃鶴於〈飲中八仙歌〉題下也曾注說：「蓋李白自知不為親近所容，與知章、李適之、汝陽王璡、崔宗之、蘇晉、張旭、焦遂為『酒八仙人』。」（《補注杜詩》，卷二，頁 68）

天寶六載丁亥

是年，先生應詔退下，作〈天狗賦〉，序云：天寶中，上冬幸華清宮，甫因至獸坊，怪天狗院列在諸獸院。又云：尚恨其與凡獸近。[68]〈賦〉云：「吾君儻意耳尖之有長毛兮，寧久被斯人終日馴狎已。」[69]蓋喻己也。案《舊史》：天寶六載冬十月，幸溫泉，改為華清宮。[70]明年冬，公又至東都，故知賦在今年作。十一載，〈上鮮于京兆〉詩云「且隨諸彥集，方覬薄材伸。破膽傷前政，陰謀獨秉鈞。微生霑忌刻，萬事益酸辛」，[71]正謂是年應詔，李林甫忌人斥己，建言：〔士皆〕草茅，徒以狂言亂聖聽，請付尚書試問。無一中者，故云。[72]魯《譜》謂：〈上韋左丞〉詩在是年。[73]不考。是年，濟未拜左丞。

天寶七載戊子

是年，先生在長安，有〈寄河南韋尹〉詩。[74]案《舊史》：天寶七載，

---

68 〈天狗賦序〉說：「天寶中，上冬幸華清宮，甫因至獸坊，怪天狗院列在諸獸院之上，胡人云：此其獸猛捷無與比者。甫壯而賦之，尚恨其與凡獸相近。」（《杜工部集》，卷十九，頁 841）

69 〈天狗賦〉。

70 《舊唐書‧玄宗本紀》「天寶六載」下說：「冬十月戊申，幸溫泉宮，改為華清宮。」（卷九，頁 221）

71 《杜工部集》詩題作〈奉贈鮮于京兆二十韻〉（卷九，頁 371）。黃鶴於〈奉贈鮮于京兆二十韻〉詩題下補注曰：「此詩在（天寶）十一載十二月作。」（卷十七，頁 331）

72 「士皆」，《新唐書‧李林甫傳》說：「時帝詔天下士有一藝者得詣闕就選，林甫恐士對詔或斥己，即建言：『士皆草茅，未知禁忌，徒以狂言亂聖聽，請悉委尚書省長官試問。』使御史中丞監總，而無一中程者。」（卷二百二十三上，頁 6346）據此補「士皆」兩字。

73 魯訔《年譜》「六載丁亥」下云：「公〈上韋左相〉曰『主上頃見徵，倏然欲求伸。青冥却垂翅，蹭蹬無縱鱗』。」

74 《杜工部集》詩題作〈奉寄河南韋尹丈人〉（卷九，頁 376）。

韋濟為河南尹,遷左丞。[75]詩云「江湖漂短褐,霜雪滿飛蓬。牢落乾坤大,周流道術空」,[76]蓋謂遊吳、越、齊、趙多年,而無所成,非旅寓而寄之也。及韋遷左丞,則有〈上韋左丞〉二詩。[77]此在長安親上之,故曰「上」。詩云「今欲東入海,即將西去秦」,[78]蓋應詔下,復有意於遠遊。明年,果在東都。又有〈高都護驄馬行〉。[79]

天載八載己丑

先生在河南,有〈冬日洛城謁玄元皇帝廟〉詩。詩云「五聖聯龍袞」,蓋是年閏六月,加諡高祖及四宗「大聖」字,[80]故云。

天寶九載庚寅

先生是年進〈三大禮賦〉,又嘗進〈鵰賦〉。案〈進鵰賦表〉云「自七歲所綴詩筆,向四十載矣」,與〈進三賦表〉云「行四十載矣」,[81]語意相同,故知進〈鵰賦〉在是年進〈三賦〉之先。若以為在後,必如〈進封西岳賦表〉云「奏賦,待制於集賢,委學官試文章」矣。魯《譜》云:是年十一月,封華嶽。[82]殊不知雖許封嶽,而是年廟災,

---

75 《舊唐書・韋濟傳》說:「天寶七載,又為河南尹,遷尚書左丞。」(卷八十八,頁2874)

76 〈奉寄河南韋尹丈人〉詩。

77 黃鶴於〈贈韋左丞丈濟〉題下補注說:「今詩云『左轄頻虛位,今年得舊儒』,即是其年作。」(見《補注杜詩》,卷十七,頁 325)又,黃鶴於〈奉贈韋左丞丈廿二韻〉題下補注說:「當是七載作。」(見《補注杜詩》,卷一,頁 37)

78 〈奉贈韋左丞丈二十二韻〉詩,見《杜工部集》,卷一,頁 10。

79 黃鶴於〈高都護驄馬行〉題下注云:「此詩當作於天寶七載。」(卷一,頁 52)

80 《舊唐書・玄宗本紀》「天寶八載閏六月」下說:「高祖、太宗、高宗、中宗、睿宗五帝,皆加『大聖皇帝』之字。」(卷九,頁 223)

81 《杜工部集》題作〈進三大禮賦表〉(卷十九,頁 808)。

82 魯訔《年譜》「天寶十三載」下說:「而〈紀〉:封華岳在九載。」

及旱，遂詔停封。[83]先生十三載，方進〈封西嶽賦〉，而請封也。又有〈兵車行〉。[84]

天寶十載辛卯

先生在京師，以奏賦，明皇奇之，命待制集賢院，召試文章。有〈秋述〉，有〈杜位宅守歲〉詩。〈秋述〉云：我，四十也無位。[85]〈守歲〉云「四十明朝過」。[86]

天寶十一載壬辰

先生在京師。十一月，楊國忠拜相；[87]鮮于仲通除京兆尹，[88]先生有〈上鮮于京兆〉詩。[89]又有〈太常張卿〉詩。[90]〈鮮于〉詩云「交合

---

83 《舊唐書‧玄宗本紀》「天寶九載三月」下說：「辛亥，西嶽廟災。時久旱，制停封西嶽。」（卷九，頁 224）《新唐書‧玄宗本紀》「天寶九載三月」下也說：「辛亥，華嶽廟災，關內旱，乃停封。」（卷五，頁 147）

84 黃鶴於〈兵車行〉題下注云：「以『且如今年冬，未休關西卒』，當是九載。」（卷一，頁 50）

85 集千家註與明刻本皆作「〈秋述〉云：我，四十也無位。〈守歲〉云：『四十明朝過。』」（頁 121；690-691）；文淵閣本作「〈秋述〉云：我，四十也。〈杜位守歲〉云：『四十明朝過。』」（頁 22）此兩種版本皆可，然以前者較為妥適。另外，〈秋述〉說：「我，棄物也，四十無位。」（《杜工部集》，卷十九，頁 852）

86 〈杜位宅守歲〉詩句，見《杜工部集》，卷九，頁 389。

87 《舊唐書‧玄宗本紀》「天寶十一載」說：「十一月……。庚申，御史大夫兼蜀郡長史楊國忠為右相兼文部尚書。」（卷九，頁 226）《新唐書‧玄宗本紀》「天寶十一載」亦云：「十一月……。庚申，楊國忠為右相。」（卷五，頁 149）

88 鮮于仲通拜京兆尹在天寶十一載。顏真卿〈中散大夫京兆尹漢陽郡太守贈太子少保鮮于公神道碑銘〉云：「公諱向，字仲通，以字行。……。十一載，拜京兆尹。」（《全唐文》，卷三四三，頁 3483-3484）

89 黃鶴對〈奉贈鮮于京兆二十韻〉之繫年，見前述「天寶六載」下注語。

90 黃鶴於〈奉贈太常張卿均二十韻〉題下注云：「今詩當是與垍。……。詩殆作於十一載。」（卷十七，頁 329）

丹青地，恩傾雨露辰。有儒愁餓死，早晚報平津」;〈張〉詩云「吹噓
人所羨，騰躍事仍暌」，[91]當是其年召試文章，止送有司，參列選序，
故云。呂《譜》:〈上韋左相〉詩云「鳳曆軒轅紀，龍飛四十春」，以
玄宗即位至是為四十年，[92]故知在今年作。按《史》:天寶十五載七
月，明皇幸蜀，以韋見素為左相。[93]今不應先云「左相」。又案〈宰相
表〉:天寶十三載甲午，韋見素為武部尚書、同中書門下平章事，知
門下省事。[94]當是其時投之，故詩云「韋賢初相漢」。蔡《譜》謂:是
歲苦雨潦閡六旬，上謂宰相非其人，罷陳希烈，拜韋見素。時明皇在
位四十三年，蓋詩得略舉成數，[95]非若〈進賦〉之可據，[96]此說是。
呂《譜》又以〈麗人行〉入今年，[97]謂「丞相」者，為楊國忠，而不
知國忠今年十一月方為右相，當是十三載。蔡《譜》謂「次歲以後
詩」，[98]為是。

---

91 「暌」，集千家註本作「暌」(頁 121)。另外，《補注杜詩·奉贈太常張卿均二十
　韻》作「騰躍事仍暌」(卷十七，頁 330)。

92 呂大防《年譜》「天寶十一年」下說:「〈上韋左相〉詩云:『鳳曆軒轅紀，龍飛四十
　春。』是年玄宗即位四十年。」

93 「按」，明刻本作「案」(頁 692)。《舊唐書·玄宗本紀》「天寶十五載七月」下說:
　「以韋見素為左相。」(卷九，頁 234) 此外，《新唐書·玄宗本紀》「天寶十五載七
　月」下也說:「韋見素為左相。」(卷五，頁 153)

94 《新唐書·宰相表》「天寶十三載甲午」下說:「文部侍郎韋見素為武部尚書、同中
　書門下平章事，知門下省事。」(卷六十二，頁 1692)

95 「得」，文淵閣本作「僅」(頁 23)。

96 蔡興宗《年譜》「天寶十三年」下說:「有〈上韋丞相〉，詩略曰『龍飛四十春』，
　又曰『霖雨思賢佐』。按《唐史》:以是歲苦雨潦閡六旬，上謂宰相非其人，罷陳
　希烈，拜韋見素。時明皇在位四十三年，蓋詩得略舉成數，非若〈進賦〉之可
　據。」

97 呂大防《年譜》「天寶十一年」下說:「天寶中詩:〈麗人行〉。」

98 蔡興宗《年譜》「天寶十一載」下說:「〈麗人行〉之謂『丞相』者，楊國忠
　也。……當是次歲以後詩。」

天寶十二載癸巳

先生在京師，有〈上哥舒翰〉詩云「幾年春草歇，今日暮途窮」；[99]有〈留贈集賢院崔于二學士〉詩云「天老書題目，春官驗討論。倚風遺鶂路，隨水到龍門。竟與蛟螭雜，寧無燕雀喧」，[100]又云「儒術誠難起，家聲庶已存。故家多藥物，勝槩憶桃源。欲整還鄉斾，長懷禁掖垣。謬稱三賦在，難述二公恩」，崔、于二學士，當是試文之人。試後，止降恩澤，送隸有司，參列選序，故起故山之興。

天寶十三載甲午

按《舊史》：是年二月戊寅，右相兼文部尚書楊國忠守司空，餘如故。甲申，司空楊國忠受冊。[101]而先生〈進封西岳賦表〉云「維岳，授陛下元弼，克生司空」，[102]又云「頃歲，有事於郊廟，幸得奏賦，待制於集賢，委學官試文章，再降恩澤，乃猥以臣名實相副，送隸有司，參列選序」，則進〈封西岳賦〉當在是年，蓋未授河西尉也。魯《譜》云：「此賦當在未封西岳前。而〈紀〉：封華岳在九載。又當考也。」[103]魯蓋不考九載廟災及旱，詔停封，故先生進賦在今年。有〈秋雨歎〉，有〈上韋左相〉等詩。

99　《杜工部集》詩題作〈投贈哥舒開府翰二十韻〉（卷九，頁 366-367）。黃鶴於詩題下並云：「當是十二載作。」（卷十七，頁326）

100　《杜工部集》詩題作〈奉留贈集賢院崔、于二學士，國輔、休烈〉（卷九，頁394）。

101　《舊唐書·玄宗本紀》「天寶十三載二月」說：「戊寅，右相兼文部尚書楊國忠守司空，餘如故。甲申，司空楊國忠受冊。」（卷九，頁228）

102　「西」，集千家註與明刻本皆作「四」（頁123；694）。

103　魯訔《年譜》「天寶十三載」下說：「則此賦當在未封西岳前。而〈紀〉：封華岳在九載。又當考也。」

天寶十四載乙未

是年，先生授河西尉，不樂，改授率府冑曹，故〈官定戲贈〉曰「不作河西尉，凄涼為折腰。老夫怕奔走，率府且逍遙」，[104]而〈夔府書懷〉云「昔罷河西尉，初興薊北師」，[105]則改授率府冑曹，當在是年之冬，蓋是年十一月祿山反也。《詩史》云：薊北反書未聞，已逸身幾旬。為非。若先已竄逸，則改授無容在初興師之時矣。呂與蔡《譜》俱云：十一月初，赴奉先，故有〈赴奉先詠懷〉詩。[106]然詩不言祿山反狀，但言歡娛聚斂以致亂；又詩云「豈知秋未登，貧窶有倉卒」。[107]當是上年秋雨艱食時作，非避亂時詩甚明。

天寶十五載丙申[108]

是年七月，明皇幸蜀。七月甲子，肅宗即位於靈武。先生五月自奉先往白水依舅氏崔十九翁，有〈高齋詩三十韻〉。[109]六月，又自白水往鄜州，有〈三川觀水漲〉詩。[110]按〈本傳〉云：聞肅宗立，自鄜羸服奔行在，為賊所得。[111]則在是年八月，故有〈月夜〉、〈九日藍田崔氏

---

104 《杜工部集》詩題作〈官定後戲贈〉（卷九，頁393）。

105 《杜工部集》詩題作〈夔府書懷四十韻〉（卷十五，頁651）。

106 呂大防《年譜》「天寶十四年」下云：「是年十一月初，自京赴奉先，有〈詠懷〉詩。」此外，蔡興宗《年譜》「十四載乙未」下云：「冬十一月，有〈自京赴奉先縣詠懷〉詩。」

107 〈自京赴奉先縣詠懷五百字〉詩。

108 「天寶十五載丙申」，明刻本作「天寶十五載丙申，改至德元年」（頁697）。

109 《杜工部集》詩題作〈白水縣崔少府十九翁高齋三十韻〉（卷一，頁42）。又，黃鶴於詩題下說：「公以天寶十五載夏，自奉先來依舅氏崔十九，故首曰『客從南縣來』、『況當朱夏赫』，此詩當在是年五月。」（《補注杜詩》，卷二，頁84）

110 《杜工部集》詩題作〈三川觀水漲二十韻〉（卷一，頁43）。

111 《新唐書・杜甫傳》說：「肅宗立，自鄜州羸服欲奔行在，為賊所得。」（卷二百一，頁5737）

莊〉、〈哀王孫〉、〈悲陳陶〉、〈悲青坂〉、[112]〈對雪〉等詩。

至德二年丁酉

是年春，先生在賊中，有〈元日寄韋氏妹〉，詩云「不見朝正使，啼痕滿面垂」。又有〈春望〉、〈憶幼子〉、〈一百五夜對月〉、[113]〈大雲寺贊公房〉等詩。亦嘗至東都，豈非為賊送與囚者為列，故有〈鄭駙馬池臺喜遇鄭廣文同飲〉，詩云「燃臍郿塢敗」，指祿山死也；又，「駙馬池臺」在河南新安縣。夏，得脫賊中，故〈述懷〉詩云「今夏草木長，脫身得西走」。謁肅宗于鳳翔，有〈喜達行在所〉詩。六月一日，有〈奉謝口敕放三司推問狀〉，[114]時結銜云「宣義郎行左拾遺」，[115]則拜拾遺必在五月。按《史・帝紀》、〈宰相表〉：是年五月丁巳，房琯罷相。[116]先生上疏抹琯，[117]肅宗怒，詔三司推問。中書侍郎、同平章事張鎬抹之，就令鎬宣口敕，宜放推問，故有謝狀。鎬拜同平章，在琯罷之前四日也。六月十二日，又有〈同遺補薦岑參諫官狀〉。八月，放還鄜州省妻子，〈北征〉詩云「皇帝二載秋，閏八月初吉。杜子將北征，蒼茫問家室」；又有〈徒步歸行〉，當是八月得墨敕，閏月初一日方行。九月，復京師。十月丁卯，肅宗至自靈武，先生亦還京師，有〈臘日〉及〈送鄭虔貶台州〉等詩。[118]

---

112 「坂」，明刻本作「阪」（頁 697）。

113 《杜工部集》詩題作〈一百五日夜對月〉（卷九，頁 398）。

114 「敕」，明刻本作「勑」（頁 698）。

115 「宣義郎」，《杜工部集》作「宣議郎」（卷二十，頁 870）。

116 《新唐書・肅宗本紀》「至德二載」下說：「五月……。丁巳，房琯罷。」（卷六，頁 158）又，《新唐書・宰相表》「至德二載」下說：「五月丁巳，琯罷為太子少師。」（卷六十二，頁 1693）

117 「抹」，明刻本作「救」（頁 699）。

118 《杜工部集》詩題作〈送鄭十八虔貶台州司戶，傷其臨老陷賊之故，闕為面別，情見于詩〉（卷十，頁 422）。

乾元元年戊戌

是年春，先生在諫省，有〈春宿左省〉、〈曲江對酒〉、〈答岑補闕〉、[119]
〈送賈閣老出汝州〉等詩。夏，有〈端午日賜衣〉詩。六月，出為華
州司功，有〈酬孟雲卿〉，詩云「明朝牽世務，揮淚各西東」；又有
〈出金光門與親故別〉、[120]〈望岳〉等詩。七月，有〈為華州郭使君
進滅殘寇形勢圖狀〉，有〈策進士文〉。[121]元微之〈誌〉云：左拾遺，
歲餘，以直言出華州司戶。[122]蓋至德二載五月為拾遺，至今六月為
「歲餘」。第不知以言何事而出？〈有悲往事〉詩云「移官豈至尊」，[123]
當是左右有不樂者。是時，苗晉卿為侍郎；[124]王嶼同平章，而李麟、
崔圓、張鎬皆先一月罷也。[125]冬，尚留華，有〈至日遣興，寄北省舊
閣老、兩院故人〉，詩云「孤城此日堪腸斷」，[126]是也。魯與蔡《譜》
謂：弃官至東都。[127]有〈閿鄉姜七少府設膾〉及〈湖城遇孟雲卿，劉

---

119 《杜工部集》詩題作〈奉答岑參補闕見贈〉（卷十，頁 425）。

120 《杜詩詳注》詩題作〈至德二載，甫自京金光門出，間道歸鳳翔。乾元初，從左
拾遺移華州掾，與親故別，因出此門，有悲往事〉（卷六，頁 480）。

121 《杜工部集》題作〈乾元元年華州試進士策問五首〉（卷二十，頁 854）。

122 〈唐故檢校工部員外郎杜君墓係銘〉：「拜左拾遺。歲餘，以直言失官，出為華州
司功。」（《杜工部集》，卷二十，頁 893）

123 〈至德二載，甫自京金光門出，間道歸鳳翔。乾元初，從左拾遺移華州掾，與親
故別，因出此門，有悲往事〉詩。

124 《舊唐書・肅宗本紀》「至德二載」下說：「（十二月）甲寅，以左相苗晉卿為中書
侍郎、同中書門下平章事。」（卷十，頁 249）又，《新唐書・肅宗本紀》「至德二
載」下說：「十二月……。甲寅，苗晉卿為中書侍郎、同中書門下平章事。」（卷
六，頁 159）

125 《新唐書・肅宗本紀》「乾元元年」下說：「五月……，張鎬罷。乙未，崔圓、李
麟罷。太常少卿王嶼為中書侍郎、同中書門下平章事。」（卷六，頁 160）

126 《杜工部集》詩題作〈至日遣興，奉寄北省舊閣老、兩院故人二首〉（卷十，頁
429）。

127 魯訔《年譜》「乾元元年」下說：「公及冬出潼關，東征洛陽道。」又，蔡興宗
《年譜》「乾元元年」下說：「冬末以事之東都。」

顥宅飲宿〉等詩。[128]當是冬晚至東都。

乾元二年己亥

是春，先生自東都回華州。按《史》：三月丁亥，以旱降死罪，流以下〔原之〕。四月壬寅，詔減常膳服御。[129]《舊史》亦云：四月癸亥，以久旱徙市，雩祭祈雨。[130]先生賦〈夏日歎〉，故有「萬民尚流冗，舉目唯蒿萊」之句。〈本傳〉：關輔飢，[131]弃官去，客秦州。[132]當在其年七月末。蓋華下苦熱，詩云「七月六日苦炎蒸」，[133]則是月初，尚在華；又，〈秦州雜詩二十首〉多言秋時景物。去秦州，赴同谷縣，有〈發秦州〉，詩云「漢源十月交，天氣如秋涼」，指同谷十月。如此，則去秦亦必在十月。故至寒硤有詩云「况當仲冬交，泝沿增波瀾」。[134]考秦至成之界，垂二百里；又，七十里至成。今寒硤尚為秦地，[135]而已交十一月，則先生去秦，又可知在十月之末。至同谷，不及月，遂入蜀。有〈發同谷縣〉，詩云「賢有不黔突，聖有不

---

128 《杜工部集》詩題作〈閿鄉姜七少府設鱠戲贈長歌〉（卷二，頁 81）、〈湖城東遇孟雲卿，復歸劉顥宅宿宴飲散，因為醉歌〉（卷二，頁 80）。

129 「原之」，諸本皆無。《新唐書·肅宗本紀》「乾元二年」下曾說：「三月……。丁亥，以旱降死罪，流以下原之；流民還者給復三年。……。四月……。壬寅，詔減常膳服御。」（卷六，頁 161-162）據此補。

130 《舊唐書·肅宗本紀》「乾元二年」下說：「四月……。癸亥，以久旱徙市，雩祈雨。」（卷十，頁 255-256）

131 「關」，集千家註本作「関」（頁 127）；明刻本作「關」（頁 702）。「飢」，文淵閣本作「饑」（頁 25）。

132 《新唐書·杜甫傳》說：「關輔饑，輒弃官去，客秦州，負薪採橡栗自給。」（卷二百一，頁 5737）

133 《杜工部集》有〈早秋苦熱堆案相仍〉詩（卷二，頁 91）。

134 「寒硤」，文淵閣本作「寒破峽」（頁 25）。《杜工部集》詩題作〈寒硤〉（卷三，頁 118）。

135 「硤」，文淵閣本作「峽」（頁 25）。

暖席」。[136]趙註云:「公嘗自註此詩,云:『乾元二年十二月一日,自隴右赴劍南。』」今書雖無此註,而〈木皮嶺〉詩云「季冬攜童稚,辛苦赴蜀門」;〈水會渡〉詩云「微月沒已久」,可知為十二月初也。至成都不出此月,故詩云「季冬樹木蒼」。[137]是時,裴冀公冕牧蜀。

乾元三年庚子。改上元元年

是年,先生在成都,裴公為卜成都西郭浣花寺居。高適詩云「聞道招提客」,[138]是也。二月,裴歸朝;以京兆尹李若幽,後賜名國楨,[139]為成都尹。[140]《舊史·李國楨傳》云:為京兆尹。上元初,改成都尹、兼御史大夫、充劍南節度使。[141]而先生未嘗與之交,故詩文無一語及之。是年,先生營草堂,詩所謂「經營上元初」,[142]是也。〈堂成〉詩云「緣江路熟俯青郊」,又云「飛來語燕定新巢」,[143]則三月堂已成。自是居草堂。間嘗至外邑,有賦〈青城縣出成都寄陶王二少尹〉。[144]

---

136 「暖」,文淵閣本作「煖」(頁 25)。

137 〈成都府〉詩。

138 高適〈贈杜二拾遺〉詩作「傳道招提客」,見劉開揚:《高適詩集編年箋註》(臺北:漢京文化事業有限公司,1983 年),頁 306。

139 《舊唐書·肅宗本紀》「上元二年」下說:「八月……。辛巳,以殿中監李若幽為戶部尚書,……,賜名國貞。」(卷十,頁 262)

140 《舊唐書·肅宗本紀》「上元元年」下說:「三月壬申,以京兆尹李若幽為成都尹、劍南節度使。」(卷十,頁 258)

141 《舊唐書·李國貞傳》說:「數月,徵為京兆尹。上元初,改成都尹、兼御史大夫、充劍南節度使。」(卷一百一十二,頁 3340)

142 〈寄題江外草堂〉詩。

143 〈堂成〉作「頻來語鷰定新巢」(見《杜工部集》,卷十一,頁 469)。

144 《杜工部集》詩題作〈赴青城縣出成都寄陶王二少尹〉(卷十一,頁 473)。

上元二年辛丑

是年二月，李若幽入為殿中丞。[145]癸亥，以崔光遠為成都尹、劍南節
度使。[146]四月，劍南東川節度兵馬使段子璋反，陷綿州。高適同崔光
遠討子璋，伏誅。[147]先生有〈贈花卿〉云「子璋髑髏血模糊，手提擲
還崔大夫」，[148]是也。按《舊史》：光遠收段子璋，以將士肆剽劫，光
遠不能禁，肅宗遣監軍中使按其罪，光遠憂恚成疾，上元二年十月
卒。[149]而〈紀〉云：「建子月，卒。」《舊史・高適傳》又云：「天子
怒光遠不能戢軍，乃罷之，以適代光遠為成都尹。」[150]而〈紀〉云：
「建丑月，以嚴武為成都尹。」則適未嘗代光遠。意光遠罷後，適攝
成都，故先生無詩稱其為尹也。若適果代光遠為尹，先生近在草堂，
不應詩文中無一字及之。是時，適為蜀州刺史，《史》謂：適由太子
賓客，出為蜀州刺史，遷彭州。[151]然先生有〈李司馬橋了承高使君自

---

145 《舊唐書・李國貞傳》說：「入為殿中監。」（卷一百一十二，頁 3340）

146 《舊唐書・肅宗本紀》「上元二年」下說：「二月……。癸亥，以鳳翔尹崔光遠為
成都尹、劍南節度度支營田觀察處置等使。」（卷十，頁 260）

147 《新唐書・肅宗本紀》「上元二年」下云：「四月，……，壬午，劍南東川節度兵
馬使段子璋反，陷綿州。」（卷六，頁 164）又，《舊唐書・高適傳》云：「梓州副
史段子璋反，以兵攻東川節度使李奐，適率兵從西川節度使崔光遠攻子璋，斬
之。」（卷一百一十一，頁 3331）另外《新唐書・高適傳》亦云：「梓屯將段子璋
反，適從崔光遠討斬之。」（卷一百四十三，頁 4681）

148 「模」，集千家註本作「摸」（頁 129）。《杜工部集》詩題作〈戲作花卿歌〉（卷
四，頁 138）。

149 《舊唐書・崔光遠傳》說：「段子璋反，東川節度使李奐敗走，投光遠，率將花驚
定等討平之。將士肆其剽劫，婦女有金銀臂釧，兵士皆斷其腕以取之，亂殺數千
人，光遠不能禁。肅宗遣監軍官使按其罪，光遠憂恚成疾，上元二年十月卒。」
（卷一百一十一，頁 3319）

150 《舊唐書・高適傳》說：「天子怒光遠不能戢軍，乃罷之，以適代光遠為成都尹、
劍南西川節度使。」（卷一百一十一，頁 3331）

151 《舊唐書・高適傳》云：「未幾，蜀中亂，出為蜀州刺史，遷彭州。」（卷一百一
十一，頁 3329）

成都回〉詩，[152]云「已傳童子騎青竹，恣擬橋東迓使君」。[153]按《九域志》：成都，在蜀州之東，彭州之南。[154]以此知：適為蜀州甚明。自元年至今年，成都更李若幽、崔光遠、高適，然後嚴武至，而諸《譜》皆不載。若李與崔，宜與先生弗合，宜無可攷。〈百憂集行〉云「即今倏忽已五十」、「強將笑語供主人」，當是為崔、李而云。或謂：指高適、嚴武。然適、武俱有舊，適又攝尹不久，未必是指二人。秋，作〈唐興縣客館記〉，〈記〉云「中興之四年」，又云「辛巳秋分，大餘二，小餘二千一百八十八，杜氏之老記已」。[155]

寶應元年壬寅

是年四月，代宗即位，先生在成都。上嚴武〈說旱〉，蓋建卯月也。[156]七月，武歸朝，公送武至綿州，有〈送嚴侍郎到綿州同登樓〉及〈奉濟驛重送嚴公〉詩。[157]是時，嚴武未拜黃門侍郎，其曰「送嚴侍郎」者，後來所題也。先生送武去成都，旋有徐知道之亂，因入梓州。徐知道反，雖《史》不書平亂之人，[158]然武入朝後，不聞別除成都尹。

---

152 「了」，文淵閣本作「東」（頁 26）。《杜工部集》詩題作〈李司馬橋了承高使君自成都迴〉（卷十三，頁 580）。

153 「恣」，文淵閣本作「總」（頁 26）。

154 《元豐九域志》「蜀州」下說：「東北至本州界三十里，自界首至成都府七十里。」（卷七，頁 309）又「彭州」下說：「東南至本州界一十三里，自界首至成都府七十二里。」（卷七，頁 310）

155 「已」，文淵閣本無（頁 27）。《杜工部集·唐興縣客館記》作「辛丑歲秋分，……，杜氏之老記已」（卷十九，頁 846-847）。

156 〈說旱〉有「今蜀自十月不雨，抵建卯非雩之時」之句（《杜工部集》，卷十九，頁 847）。

157 《杜工部集》詩題作〈送嚴侍郎到綿州，同登杜使君江樓得心字〉（卷十二，頁 519）與〈奉濟驛重送嚴公四韻〉（頁 520）。

158 《資治通鑑》「寶應元年」下嘗云：「（八月）己未，徐知道為其將李忠厚所殺，劍南悉平。」（卷二百二十二，頁 7130）

按《舊史・高適傳》云：代宗即位，吐蕃寇隴右，漸逼京畿，適練兵於蜀，臨吐蕃南境以牽制之，師出無功，而松、維等州陷。代宗以黃門侍郎嚴武代還。[159]當是崔光遠不能戢兵，罷成都時，適止攝節度事，而武乃正除，故武受命距光遠卒時才一月，意今年七月武召還後，適方正除西川節度，故廣德元年練兵臨吐蕃南境。然先生與適素厚，何以送武至綿遂入梓，復歸成都迎家往梓、閬，及嚴武再鎮成都，乃始歸草堂，豈非中間與適頗睽舊好故爾，不然何無一詩及之？又何挈家優游東川？師古謂：〈貧交行〉為嚴武作，[160]今疑為適作也。

廣德元年癸卯

是年三月辛酉，葬玄宗。庚午，葬肅宗。[161]嚴武為山陵橋道使。[162]先生在梓州，補京兆府功曹，不赴。有〈春日登梓州城樓〉、[163]〈陪李使君泛江〉、[164]〈又陪李使君登惠義寺〉等詩。[165]又嘗送辛員外暫至

---

159 《舊唐書・高適傳》說：「代宗即位，吐蕃陷隴右，漸逼京畿。適練兵於蜀，臨吐蕃南境以牽制之，師出無功，而松、維等州尋為蕃兵所陷。代宗以黃門侍郎嚴武代還，用為刑部侍郎，轉散騎常侍。」（卷一百一十一，頁3331）

160 黃鶴於〈貧交行〉題下補注說：「師云：公作此詩，為嚴武者。」（《補注杜詩》，卷一，頁50）

161 《新唐書・代宗本紀》「廣德元年」下說：「三月……。辛酉，葬至道大聖大明孝皇帝于泰陵。……。庚午，葬文明武德大聖大宣孝皇帝于建陵。」（卷六，頁168）又，《資治通鑑》「廣德元年」下說：「三月，……。辛酉，葬至道大聖大明孝皇帝于泰陵；廟號玄宗。庚午，葬文明武德大聖大宣孝皇帝于建陵；廟號肅宗。」（卷二百二十二，頁7142）

162 《新唐書・嚴武傳》嘗云：「還，拜京兆尹，為二聖山陵橋道使。」（卷一百二十九，頁4484）

163 《杜工部集》詩題作〈春日梓州登樓二首〉（卷十二，頁527）。

164 《杜工部集》詩題作〈數陪李梓州泛江，有女樂在諸舫，戲為艷曲二首贈李〉（卷十二，頁533）。

165 《杜工部集》詩題作〈陪李梓州、王閬州、蘇遂州、李果州四使君登惠義寺〉（卷十二，頁534）。

綿州，詩云「直到綿州始分首」，又云「殘花悵望近人開」，[166]當是三月。秋八月，與漢中王瑀，同會于章梓州水亭，[167]蓋梓州刺史春、夏是李；秋、冬是章彝。九月「壬戌」是為二十三日，[168]在閬州祭房琯；有〈警急〉詩。[169]魯《譜》云：「系云：時高公適領西川節度。」[170]而詩注則云：「趙曰：又非先生所系也。」詩云「才名舊楚將」，[171]謂適為揚州都督而云。[172]若果為適作，亦嘆其師出無功耳。[173]冬十月，吐蕃陷京師；十二月，吐蕃陷松、維州。先生時在閬州，故〈巴山〉詩云「巴山遇中使，云自陝城來。盜賊還奔竄，乘輿恐未

---

166 兩句皆〈又送〉詩（《杜工部集》，卷十二，頁 540）。

167 《杜工部集》有〈章梓州水亭〉，題下並有原注：「時漢中王兼道士席謙在會，同用荷字韻。」（卷十二，頁 541）

168 「壬戌」，當為二十二日，非二十三日。〈祭故相國清河房公文〉即云：「維唐廣德元年，歲次癸卯，九月辛丑朔，二十二日壬戌，京兆杜甫，敬以醴酒茶藕菶卿之奠，奉祭故相國清河房公之靈。」（《杜工部集》，卷二十，頁 864）

169 黃鶴〈警急〉詩注說：「考之《唐書》：……。廣德元年，吐蕃取隴右，（高）適率兵出南鄙，欲牽制其力，既無功。十二月，遂亡松、維、保三州及雲山城。按公詩乃作於未亡之前也。」見《杜工部草堂詩箋補遺》（京都：中文出版社，1977年），卷五，頁 160。

170 魯訔《年譜》「廣德元年」下說：「〈警急〉曰……，系云：『時高公適領西川節度使。』」

171 〈警急〉詩。

172 「揚」，集千家註與文淵閣本皆作「楊」（頁 132；27）；明刻本作「揚」（頁 712）。《舊唐書‧高適傳》說：「永王叛，肅宗聞其論諫有素，召而謀之。適因陳江東利害，永王必敗。上奇其對，以適兼御史大夫、揚州大都督府長史、淮南節度使。」（卷一百一十一，頁 3329）又，《新唐書‧高適傳》說：「永王叛。肅宗雅聞之，召與計事，因判言王且敗，不足憂。帝奇之，除揚州大都督府長史、淮南節度使。」（卷一百四十三，頁 4680）最後，《杜詩趙次公先後解輯校》（上海：上海古籍出版社，1994 年）說：「趙云：考〈適傳〉：自諫議大夫除揚州大都督府長史、淮南節度使，此所謂『楚將』也。」（丙帙卷之八，頁 560）

173 「嘆」，明刻本與文淵閣本皆作「歎」（頁 717；27）。

回」。[174]又有〈收京〉、〈西山〉、〈王命〉、〈征夫〉等詩。[175]呂《譜》謂：是年，嚴武再鎮西川，奏甫節度參謀、檢校工部員外郎。[176]蓋不考武入蜀與奏參謀，皆在二年。是年冬晚，又略至梓，所以〈發閬州〉詩有「別家三月一得書」之句。[177]

廣德二年甲辰

是春，先生復自梓往閬州。嚴武再鎮蜀，復自閬歸草堂依武。與王十四侍御云「猶得見殘春」，[178]則歸成都在春晚。嚴武奏為節度參謀、檢校工部員外郎，賜緋魚袋。有〈揚旗〉詩，系云：「二年夏六月，成都尹鄭公置酒，觀騎士，〔試〕新旗幟。」[179]有〈立秋日雨院中有作〉詩，則入幕必在是年六月。《史》云：梓州刺史章彞，舊亦武判官，以微事忤武，召赴行在，殺之。[180]而先生有詩寄章十侍御，乃云「河內猶宜借寇恂」，又云「朝覲從容問幽反，勿云江漢有垂綸」，[181]何也？魯、蔡《譜》云：武來領蜀，彞已交印，《史》當失之。[182]然

174 「盜」，文淵閣本作「盜」（頁28）。

175 《杜工部集》詩題作〈西山三首〉（卷十二，頁542）。

176 呂大防《年譜》「廣德元年」下說：「是年，……。嚴武再鎮西川，奏甫節度參謀、檢校工部員外郎。」

177 《杜工部集》詩題作〈發閬中〉（卷五，頁180）。

178 「猶得見殘春」乃「故園猶得見殘春」節句，出自〈將赴成都草堂途中有作先寄嚴鄭公五首〉，非〈贈王二十四侍御契四十韻〉詩句。

179 「系」，明刻本作「注」（頁713）。「試」，〈揚旗〉題下作「二年夏六月，成都尹鄭公置酒公堂，觀騎士，試新旗幟」（《杜工部集》，卷五，頁188），據此補。

180 《舊唐書‧嚴武傳》說：「梓州刺史章彞初為武判官，及是小不副意，赴成都杖殺之。」（卷一百十七，頁3396）另外，《新唐書‧嚴武傳》亦云：「梓州刺史章彞始為武判官，因小忿殺之。」（卷一百二十九，頁4484）

181 「寄章十侍御」，《杜工部集》詩題作〈奉寄章十侍御〉。「反」，《杜工部集‧奉寄章十侍御》作「仄」（卷十三，頁552）。

182 「史」，明刻本作「更」（頁714）。此外，魯訔《年譜》「廣德二年」下說：「武來

彝方是廣德元年夏至梓，未應得代，其曰「朝覲」者，必是章入奏故云。自是彝不見，有別除，而先生亦無詩及之，似果為武所殺。秋，有〈和嚴公軍城早秋〉、[183]〈院中晚晴懷西郭茅舍〉、〈到村〉、〈宿府〉、〈遣悶〉、[184]〈陪鄭公秋晚北池臨眺〉等詩。冬，有〈初冬〉，詩云「垂老戎衣窄」，蓋以是年十月嚴武攻吐蕃鹽川城，故著戎衣也。又有〈至後〉詩。

永泰元年乙巳

是年正月三日，先生自成都院中歸溪上，有詩。[185]《舊史·代宗紀》：永泰元年四月庚寅，成都尹嚴武薨。五月癸丑，以郭英乂為成都尹。[186]先生與英乂有舊，有〈奉送郭中丞赴隴右節度使〉詩，[187]蓋與英乂也。然志不相合，遂去草堂，下忠、渝。有〈去蜀〉詩云「五載客蜀郡」；〈宴戎州楊使君東樓〉詩云「輕紅擘荔枝」；[188]又有〈渝州候嚴六侍御不到先下峽〉、〈宴忠州使君宅〉、[189]〈題忠州龍興寺所

　　鎮蜀，彝已交印入覲，公再依武，相歡洽無恨之意。《史》當失之。」

183　《杜工部集》詩題作〈奉和軍城早秋〉（卷十三，頁 570）。

184　《杜工部集》詩題作〈遣悶奉呈嚴鄭公二十韻〉（卷十三，頁 572）。黃鶴於〈遣悶奉呈嚴鄭公二十韻〉下說：「公歸溪上在永泰元年正月三日，而此詩云『清秋鶴髮翁』，則是入幕未久便有此作。……。此詩作於廣德二年秋。」（《補注杜詩》，卷二十六，頁 487）

185　〈正月三日歸溪上有作簡院內諸公〉詩。

186　「乂」，集千家註本作「義」（頁 134）。《舊唐書·代宗本紀》「永泰元年」說：「夏四月，……，庚寅，劍南節度使、檢校吏部尚書嚴武卒。五月癸丑，以尚書右僕射、定襄郡王郭英乂為成都尹，御史大夫、充劍南節度使。」（卷十一，頁 279）

187　《杜工部集》詩題作〈奉送郭中丞兼太僕卿充隴右節度使三十韻英乂〉（卷十，頁 411-412）。

188　「楊」，集千家註與文淵閣本皆作「揚」（頁 134；28）；明刻本作「楊」（頁 715）。《杜工部集》詩題作〈宴戎州楊使君東樓〉（卷十四，頁 592）。

189　「宴」，文淵閣本作「晏」（頁 28）。《杜工部集》詩題作〈宴忠州使君姪宅〉（卷十

居院壁〉等詩。蓋先生以是年六月至忠州，[190]故有是作。其至雲安，亦是時。自秋徂冬，俱在雲安。〈十二月一日三首〉其一云「雲安縣前江可憐」，[191]蓋可知也。呂《譜》云：「嚴武平蜀亂，甫遊東川，除京兆功曹，不赴。」[192]不考是年四月武已死，又未嘗平蜀亂；其除京兆功曹，亦在廣德二年也。

永泰二年丙午。改大曆元年

是年春，先生在雲安，故〈客堂〉詩云「石暄蕨芽紫，渚秀蘆笋綠」；〈移居夔州郭〉詩云「春知催柳別」，則移居在春晚也。有〈為夔州栢都督謝上表〉；[193]〈課伐木〉詩云「城中賢府主」；〈園人送瓜〉詩云「栢公鎮夔國」；[194]〈園官送菜〉詩云「常荷地主恩」，皆指栢而云，栢當是貞節也。終歲居夔州。

大曆二年丁未

是年春，先生居赤甲。按詩云：「卜居赤甲遷居新，兩見巫山楚水春。」[195]則是今年春，方遷赤甲。暮春，又遷居瀼西，有〈題瀼西草屋〉詩云「久嗟三峽客，再與暮春期」。[196]秋，又移居東屯；秋晚，

四，頁 593）。

190 「以」，集千家註與明刻本皆作「已」（頁 134；716）。

191 「憐」，集千家註本作「怜」（頁 134）。

192 呂大防《年譜》「永泰元年」下說：「嚴武平蜀亂，甫遊東川，除京兆功曹，不赴。」

193 「栢」，明刻本作「柏」（頁 717）。《杜工部集》題作〈為夔府栢都督謝上表〉（卷二十，頁 872）。

194 「柏」，集千家註與文淵閣本皆作「相」（頁 135；29）。〈園人送瓜〉作「栢公鎮夔國」（《杜工部集》，卷六，頁 223）。

195 「兩」，集千家註本作「雨」（頁 135）。〈赤甲〉詩。

196 《杜工部集》詩題作〈暮春題瀼西新賃草屋五首〉（卷十四，頁 610）。

復自東屯歸瀼西，各有詩。

大曆三年戊申

是年春，先生出峽。案〈贈南卿兄瀼西果園四十畝〉云「正月喧鶯
未，茲辰放鷁初」，[197]當是正月去夔。三月，至江陵，有〈呈江陵幕
府諸公〉詩云「白屋開花裏，孤城秀麥邊」；[198]又有〈暮春江陵赴馬
大卿〉詩。[199]秋晚，遷公安縣，有〈移居公安縣敬贈衛大郎〉詩云
「水煙通逕草，秋露接園葵」；[200]又有〈公安送韋二少府〉、〈公安懷
古〉等詩。[201]憩此縣數月。歲暮，去，之岳州，有〈泊岳陽城下〉、
〈登岳陽樓〉等詩。

大曆四年己酉

是年正月，先生自岳陽之潭，有〈宿青草湖〉、〈湘夫人祠〉、〈入喬
口〉等詩。至潭，未幾，入衡，有〈發潭州〉詩。至衡，畏熱，復回
潭，有〈回棹〉詩、[202]〈登舟將適漢陽〉詩；又有〈風疾舟中伏枕書
懷呈湖南親友〉，[203]詩云「故國悲寒望，羣雲慘歲陰。……。鬱鬱冬

---

197 《杜工部集》詩題作〈將別巫峽贈南鄉兄瀼西果園四十畝〉（卷十七，頁 747）。

198 《杜工部集》詩題作〈行次古城店汎江作，不揆鄙拙，奉呈江陵幕府諸公〉（卷十
　　七，頁 752-753）。

199 《杜工部集》詩題作〈暮春江陵送馬大卿公恩命追赴闕下〉（卷十七，頁 755）。

200 「敬贈」，集千家註與文淵閣本兩字皆無（頁 136；29）。此外，《杜工部集》詩題
　　作〈移居公安敬贈衛大郎鈞〉（卷十七，頁 769）。

201 《杜工部集》詩題作〈公安送韋二少府匡贊〉、〈公安縣懷古〉（卷十七，頁 769；
　　770）。

202 《杜工部集》詩題作〈迴棹〉（卷十八，頁 785）。

203 《杜工部集》詩題作〈風疾舟中伏枕書懷三十六韻奉呈湖南親友〉（卷十八，頁
　　797）。

炎瘴，濛濛雨滯淫」，又云「春草封歸恨，源花費獨尋」，[204]又云「瘞天追潘岳，持危覓鄧林」，當在是年冬晚作；不然，即次年春作。是年，先生必有哭子之戚，故用「瘞天」事。按：先生在夔時，宗文、宗武俱無恙，而元微之〈誌〉止云「嗣子宗武，病不克葬」，[205]則宗文為早世，意所謂「瘞天」，即宗文也。耒陽縣北之墳，豈非瘞宗文者？後世不考，遂因牛酒之語，從而附會，以為葬先生于此也。

大曆五年庚戌

是年春，先生在潭州，率舟居。四月，臧玠殺崔瓘，先生避亂至衡山，有〈題衡山縣文宣王廟新學堂呈陸宰〉詩。入衡，將如郴州，依舅氏，故〈入衡州〉詩云「諸舅剖符近」。魯《譜》謂：「諸舅」為崔偉，前有〈送二十三舅錄事攝郴州〉詩。[206]或是先生如郴，因至耒陽，訪聶令。經方田驛，阻水旬餘，聶致酒肉。而《史》云「令嘗饋牛炙白酒，大醉，一夕卒」。[207]嘗考先生謝攝令詩有云「禮過宰肥羊，愁當置清醥」，[208]其詩至云「興盡本韻」；又且宿留，驛近山亭，若果以飫死，豈復更能為是長篇？又復游憩山亭？[209]以詩證之，其誣

---

204 「源」，明刻本作「源」（頁 720）；集千家註與文淵閣本皆作「桃」（頁 136；29）。《杜工部集‧風疾舟中伏枕書懷三十六韻奉呈湖南親友》亦作「源花費獨尋」（卷十八，頁 798）。

205 〈唐故檢校工部員外郎杜君墓係銘〉：「嗣子曰宗武，病不克葬，歿，命其子嗣業。」（《杜工部集》，卷二十，頁 894）

206 魯訔《年譜》「大曆五年」下說：「『諸舅』謂崔偉，前有〈送二十三舅錄事之攝郴州〉詩。」

207 《新唐書‧杜甫傳》說：「令嘗饋牛炙白酒，大醉，一昔卒。」（卷二百一，頁 5738）

208 〈聶耒陽以僕阻水，書致酒肉，療饑荒江。詩得代懷，興盡本韻，至縣呈聶令。陸路去方田驛四十里，舟行一日。時屬江漲，泊於方田〉詩（《杜詩詳注》，卷二十三，頁 2081）。

209 「游」，明刻本作「遊」（頁 722）。

自可不攻。[210]况元微之〈誌〉與《舊史》初無此說。《摭遺》謂：玄宗還南內，思子美，詔天下求之。聶侯乃積空土於江上曰：「死，葬於此矣。」[211]然玄宗至自成都，時先生在諫省；及升遐時，先生又在成都。寶應元年玄宗升遐，[212]距大曆五年先生之死，又已十歲，其敢欺世如此。韓昌黎詩力辨其非，[213]鄭卬、李觀從而正之，[214]所恨不曾

---

210 「其誣自可不攻」，筆者按此為歇後句，意指「其誣自可不攻自破」。

211 《摭遺》曾云：「玄宗思子美，詔求之。聶令乃積空槎於江上曰：『子美為白酒牛炙脹飲而死。』《摭遺》」（《古今事文類聚·前集》，見《文淵閣四庫全書》，卷十七，頁281）

212 「玄」，明刻本與文淵閣本皆作「玄」（頁722；30）；集千家註本作「元」（頁138）。

213 韓愈〈題杜子美墳〉云：「今春偶客耒陽路，淒慘去尋江上墓。召朋特地踏煙蕪，路入溪村數百步。招手借問騎牛兒，牧童指我祠堂路。入門古屋三四間，草茅緣砌生無數。寒竹珊珊搖晚風，野蔓層層纏戶牖。升堂再拜心惻然，心欲虔啟不成語。一堆空土煙蕪裏，虛使詩人嘆悲起。怨聲千古寄西風，寒骨一夜沈秋水。當時處處多白酒，牛炙如今家家有。飲酒食炙今如此，何故常人無飽死。子美當日稱才賢，聶侯見待誠非喜。洎乎聖意再搜求，姦臣以此欺天子。捉月走入千丈波--李白入水捉月，忠諫便沈汨羅底--屈原沈湘。固知天意有所存，三賢所歸同一水。過客留詩千百人，佳詞繡句虛相美。墳空飫死已傳聞，千古醜聲竟誰洗。明時好古疾惡人，應以我意知終知。」（《集千家註分類杜工部詩》，頁11-12）

214 首先，鄭卬〈跋杜子美詩并序〉曰：「余讀李元賓〈補遺傳〉，及韓退之〈題杜工部墳〉詩，皆自《摭遺》所載，疑非二公所作。然大曆、元和，時之相去，猶未為遠，不當與本集牴牾若是，大抵後之好事者託而賈之也。嘗攷子美以大曆五年四月臧玠殺崔瓘，由是避地入衡州，至耒陽，遊嶽祠。以大水，涉旬不得食。耒陽聶令，具舟迎之。水派，遂泊方田驛，子美詩以謝之。繼而沿湘流，將適漢陽，暮秋歸秦，有詩別湖南幕府親友，豈以夏而溺死耒陽復有此作？蓋其卒在潭、岳間、秋冬之際。元微之〈誌銘〉亦略見本末。作史者惑於《摭遺》之說，遂有牛炙白酒一宿卒之語。信史之誤，余不可以不辨。」（《集千家註分類杜工部詩》，頁27-28）其次，李觀〈遺補杜子美傳〉說：「唐·杜甫子美詩有全才，當時一人而已。洎失意，蓬走天下，由蜀往耒陽，依聶侯，不以禮遇之。子美忽忽不怡，多遊市邑村落，開以詩酒自適。一日，過江上洲中飲，既醉，不能復歸宿酒家。是夕，江水暴漲，子美為驚湍漂泛，其尸不知落於何處？洎玄宗還南內，思子美，詔天下求之。聶侯乃積空土於江上曰：『子美為白酒牛炙脹飲而死，葬於此

引詩為據。秋，下洞庭，故有〈暮秋將歸秦，奉留別親友〉詩；[215]又有〈洞庭湖〉，[216]詩云：「破浪南風正，回竿畏日斜。」[217]言「南風」、「畏日」，又云「回竿」，[218]則非四年所作甚明。當是是年，自衡州歸襄陽，經洞庭詩也。元微之〈誌〉云：扁舟下荊楚，竟以寓卒，旅殯岳陽。其後嗣業，啟柩，襄祔事於偃師，途次于荊，拜余為〈誌〉，辭不能絕。[219]呂汲公亦云：「夏，還襄漢，卒於岳陽。」[220]魯《譜》云：「其卒當在衡岳之間、秋冬之交。」[221]衡在潭之上流，與岳不相鄰，舟行必經潭，然後至岳，當云「在潭岳之間」。蔡《譜》以《史》為是，以呂為非，[222]蓋未之考耳。[223]

矣。』以此事聞玄宗。吁！轟侯當以實對天子也。既空為之墳，又醜以酒炙脹飫之事。子美有清才者也，豈不知飲食多寡之分哉！詩人皆憾之，題子美之祠，皆有感歎之意，知非酒炙而死也。高顒宰耒陽，有詩曰『詩名天寶大，骨葬耒陽空』。雖有感，終不灼然。唐賢詩曰『一夜耒江雨，百年工部墳』。獨韓文公詩，事全而明白，知子美之墳，空土也，又非因酒炙而死耳。」（《集千家註分類杜工部詩》，頁 12-13）

215 《杜工部集》詩題作〈暮秋將歸秦，留別湖南幕府親友〉（卷十八，頁 793）。另外，《補注杜詩》亦作〈暮秋將歸秦，留別湖南幕府親友〉（卷三十六，頁 647）。

216 《杜詩詳注》詩題作〈過洞庭湖〉（卷二十三，頁 2087）。

217 「竿」，明刻本作「檣」（頁 723）。〈過洞庭湖〉詩句。

218 「竿」，明刻本作「檣」（頁 723）。

219 〈唐故檢校工部員外郎杜君墓係銘〉：「適遇子美之孫嗣業，啟子美之柩，襄祔事於偃師，途次于荊，雅知余愛言其大父之為文，拜余為〈誌〉，辭不能絕。……扁舟下荊楚間，竟以寓卒，旅殯岳陽。」（《杜工部集》，卷二十，頁 893-894）

220 呂大防《年譜》「大曆五年」下說：「是年夏，甫還襄漢，卒於岳陽。」

221 魯訔《年譜》「大曆五年」下說：「暮秋北首，其卒當在衡岳之間、秋冬之交。」（分門集註本，頁 112）

222 蔡興宗《年譜》「大曆五年」下說：「〈本傳〉謂先生數遭『寇亂，挺節無所污』，是也。……《舊譜》乃書『還襄漢，卒於岳陽』，尤誤。」

223 仇兆鰲曾引此則云：「鶴《譜》云：夏如郴。因至耒陽，訪轟令。經方田驛，阻水旬餘，轟致酒肉。而《史》云：『令嘗饋牛肉白酒，大醉，一夕卒。』嘗考謝轟令詩有云：『禮過宰肥羊，愁當置清醥。』其詩云『興盡本韻』。又且宿留驛近山

〔鶴先君未第時，酷嗜杜詩，頗恨舊註多遺舛，嘗補緝，未竟而逝。又欲考所作歲月於逐篇下，終不果運力，未必不齎恨泉下也。鶴不肖，常恐無以酬先志，乃取槧本集註，以遺藁為之正定。凡經據引者，不復重出。又輒益以所聞，於是稍盈卷帙。每詩再加考訂，或因人以核其時，或蒐地以校其迹，或摘句以辨其事，或即物以求其意。所謂千四百餘篇者，雖不敢謂盡知其詳，亦庶幾十得七八矣。呂汲公《年譜》既失之晷，而蔡、魯二《譜》亦多疎鹵，遂更為一譜，以繼于後。先生積著誠多，而不幸不偶，此不足論。獨嘗謂：至成都未幾，裴冀公還朝，繼帥者李國楨、崔光遠、郭英乂，自宜與之弗合。顧與高適定交最早，相知最深，其為西川節度，先生何以翻然舍之而東，曾不如依嚴武之為密且久？蜀人師氏以〈貧交行〉為武作，今疑為適而作也。以此知先生賦性特剛，少不如意，則不能曲徇苟合，故不為當時所容。身後又復醜以牛酒之事，曾不知果以飫溺，尚能為令賦詩，且事遊憩乎？耒陽之墳，豈非宗文早世，先生所謂「瘞夭」者？[224]而後世附會，滋為人惑，因書于首，以俟博識。嘉定丙子三月望日臨川黃鶴書〕[225]

亭，若果以飫死，豈復能為是長篇？又復游憩山亭？以詩證之，其誣自可不攻。況元稹作〈誌〉，在《舊史》前，初無此說。按：是秋，舟下洞庭，故有〈暮秋將歸秦，奉留別親友〉詩；又有〈洞庭湖〉詩云：『破浪南風正，回檣畏日斜。』言『南風』、『畏日』，又云『回檣』，則非四年所作甚明。當是是年，自衡州歸襄陽，經洞庭詩也。元微之〈誌〉云：扁舟下荊楚，竟以寓卒，旅殯岳陽。其後嗣業，啟柩，襄祔事於偃師，途次于荊，拜余為〈誌〉。呂汲公亦云：『夏，還襄漢，卒於岳陽。』魯《譜》云：『其卒當在衡岳之間、秋冬之交。』但衡在潭之上流，與岳不相隣，舟行必經潭，然後至岳。當云在『潭岳之間』。蔡《譜》以《史》為是，以呂為非，蓋未之考耳。」（《杜少陵集詳註》，〈年譜〉，頁 19-20）

224 〈風疾舟中伏枕書懷三十六韻奉呈湖南親友〉詩句，見《杜工部集》，卷十八，頁 798）。

225 此篇後序，集千家註與明刻本皆無，今據文淵閣本增補（頁 30-31）。

引用書籍

唐・杜甫：《杜工部集》（影宋本），臺北：臺灣學生書局，1967年。

宋・趙次公；林繼中輯校：《杜詩趙次公先後解輯校》，上海：上海古
　　籍出版社，1994年。

宋・郭知達集註：《九家集註杜詩》，臺北：臺灣大通書局，1974年。

宋・闕名集註：《分門集註杜工部詩》，臺北：臺灣大通書局，1974年。

宋・蔡夢弼：《草堂詩箋》，臺北：廣文書局，1971年。

宋・黃希原著、黃鶴補注：《補注杜詩》，見《文淵閣四庫全書》，臺
　　北：臺灣商務印書館，1986年。

宋・徐居仁編、黃鶴補註：《集千家註分類杜工部詩》，臺北：臺灣大
　　通書局，1974年。

宋・黃鶴集注；蔡夢弼校正：《杜工部草堂詩箋補遺》，京都：中文出
　　版社，1977年。

清・錢謙益：《錢牧齋先生箋註杜詩》，臺北：臺灣大通書局，1974
　　年。

清・仇兆鰲：《杜少陵集詳注》，北京：北京圖書館出版社，1999年。

清・仇兆鰲：《杜詩詳注》，臺北：里仁書局，1980年。

宋・呂大防：《（杜詩）年譜》，見《分門集註杜工部詩》，臺北：臺灣
　　大通書局，1974年。

宋・呂大防：《呂丞相詩年譜十八事》，收於方深道《老杜詩評》，見

《四庫全書存目叢書》，第415冊，臺南：莊嚴文化事業有限公司，1997年。

宋・呂大防：《呂丞相詩年譜十八事》，見張忠綱《杜甫詩話六種校注》，濟南：齊魯書社，2004年。

宋・趙子櫟：《杜工部年譜》，見《文淵閣四庫全書》，第446冊，臺北：臺灣商務印書館，1986年。

宋・趙子櫟：《杜工部年譜》，見《文津閣四庫全書》，第445冊，北京：商務印書館，2006年。

宋・趙子櫟：《杜工部草堂詩箋》，見《古逸叢書》，臺北：藝文印書館，1965年。

宋・趙子櫟：《杜工部年譜》，見《隋唐五代名人年譜》，第2冊，北京：北京圖書館出版社，2005年。

宋・蔡興宗：《杜工部年譜》，見《分門集註杜工部詩》，臺北：臺灣大通書局，1974年。

宋・蔡興宗：《杜工部年譜》，見《北京圖書館藏珍本年譜叢刊》，第9冊，北京：北京圖書館出版社，1999年。

宋・魯訔：《杜工部詩年譜》，見《分門集註杜工部詩》，臺北：臺灣大通書局，1974年。

宋・魯訔：《杜工部詩年譜》，見《文淵閣四庫全書》，第446冊，臺北：臺灣商務印書館，1986年。

宋・魯訔：《杜工部詩年譜》，見《文津閣四庫全書》，第445冊，北京：商務印書館，2006年。

宋・魯訔：《杜工部草堂詩箋》，見《古逸叢書》，臺北：藝文印書館，1965年。

宋・黃鶴：《杜工部詩年譜》，見《集千家註分類杜工部詩》，臺北：臺灣大通書局，1974年。

宋・黃鶴：《杜工部年譜》，見《北京圖書館藏珍本年譜叢刊》，第9
　　冊，北京：北京圖書館出版社，1999年。

宋・黃鶴：《年譜辨疑》，收於《補注杜詩》，見《文淵閣四庫全書》，
　　第1069冊，臺北：臺灣商務印書館，1975年。

宋・呂大防：《韓吏部文公集年譜》，見《韓柳年譜》，北京：中華書
　　局，1991年。

宋・呂大防：《韓文類譜》，見《續修四庫全書》，上海：上海古籍出
　　版社，2003年。

宋・呂大防：〈杜工部、韓文公年譜後記〉，見《全宋文》，上海：上
　　海辭書；合肥：安徽教育出版社，2006年。

漢・司馬遷：《史記》，北京：中華書局，2005年。

唐・杜佑：《通典》，北京：中華書局，2003年。

後晉・劉昫：《舊唐書》，北京：中華書局，2002年。

宋・歐陽修等：《新唐書》，北京：中華書局，2003年。

宋・司馬光撰、胡三省注；章鈺校記：《資治通鑑》，臺北：新象書
　　局，1981年。

宋・王溥：《唐會要》，上海：上海古籍出版社，2006年。

唐・李吉甫撰；賀次君點校：《元和郡縣圖志》，北京：中華書局，
　　2005年。

宋・王象之：《輿地紀勝》，北京：中華書局，2003年。

宋・王存撰；王文楚、魏嵩山點校：《元豐九域志》，北京：中華書
　　局，2005年。

宋・祝穆撰、祝洙增訂；施和金點校：《方輿勝覽》，北京：中華書
　　局，2003年。

清・張興言等修，謝煌等纂：《江西省宜黃縣志》，臺北：成文出版社有限公司，1989年。

清・王謨輯：《漢唐地理書鈔》，北京：中華書局，2006年。

唐・鄭處誨：《明皇雜錄》，北京：中華書局，2011年。

宋・洪興祖：《楚辭補注》，臺北：頂淵文化事業有限公司，2005年。

宋・王得臣：《麈史》，見《全宋筆記》，第一編，第10冊，鄭州：大象出版社，2003年。

宋・胡仔：《漁隱叢話》，臺北：廣文書局，1967年。

宋・汪應辰：《文定集》，見《文津閣四庫全書》，第1142冊，北京：商務印書館，2006年。

宋・莊綽：《雞肋編》，北京：中華書局，2004年。

宋・晁公武撰；孫猛校證：《郡齋讀書志校證》，上海：上海古籍出版社，2006年。

宋・祝穆：《古今事文類聚・前集》，見《文淵閣四庫全書》，第925冊，臺北：臺灣商務印書館，1986年。

清・董誥等編：《全唐文》，北京：中華書局，2001年。

周紹良、趙超主編：《唐代墓誌彙編續集》，上海：上海世紀出版股份有限公司、上海古籍出版社，2007年。

陳文華：《杜甫傳記唐宋資料考辨》，臺北：文史哲出版社，1987年。

劉開揚：《高適詩集編年箋註》，臺北：漢京文化事業有限公司，1983年。

吳延燮：《唐方鎮年表》，北京：中華書局，2003年。

文學研究叢書・古典詩學叢刊 0804010

宋代杜甫年譜五種校注

作　　者　蔡志超

責任編輯　吳家嘉

特約校稿　林秋芬

發 行 人　陳滿銘

總 經 理　梁錦興

總 編 輯　陳滿銘

副總編輯　張晏瑞

編 輯 所　萬卷樓圖書股份有限公司

　　　　　臺北市羅斯福路二段 41 號 6 樓之 3

　　　　　電話 (02)23216565

　　　　　傳真 (02)23218698

發　　行　萬卷樓圖書股份有限公司

　　　　　臺北市羅斯福路二段 41 號 6 樓之 3

　　　　　電話 (02)23216565

　　　　　傳真 (02)23218698

　　　　　電郵 SERVICE@WANJUAN.COM.TW

香港經銷　香港聯合書刊物流有限公司

　　　　　電話 (852)21502100

　　　　　傳真 (852)23560735

ISBN 978-957-739-864-2

2018 年 12 月初版三刷

2014 年 4 月初版

定價：新臺幣 200 元

如何購買本書：

1. 劃撥購書，請透過以下郵政劃撥帳號：

　帳號：15624015

　戶名：萬卷樓圖書股份有限公司

2. 轉帳購書，請透過以下帳戶

　合作金庫銀行 古亭分行

　戶名：萬卷樓圖書股份有限公司

　帳號：0877717092596

3. 網路購書，請透過萬卷樓網站

　網址 WWW.WANJUAN.COM.TW

大量購書，請直接聯繫我們，將有專人為

您服務。客服：(02)23216565 分機 610

如有缺頁、破損或裝訂錯誤，請寄回更換

國家圖書館出版品預行編目資料

宋代杜甫年譜五種校注 / 蔡志超著.

　-- 初版.-- 臺北市 ：萬卷樓, 2014.04

　　面 ；　公分. -- (文學研究叢書)

ISBN 978-957-739-864-2(平裝)

1.（唐）杜甫 2.唐詩 3.詩評

851.4415　　　　　　　　　　103004469